HANSJÖRG SCHERTENLEIB

DIE GRÜNE FEE

EINE GESPENSTERGESCHICHTE

KAMPA

Wenn Sie zweimal jährlich über unsere Neuerscheinungen informiert werden möchten, schreiben Sie uns bitte an:
newsletter@kampaverlag.ch oder
Kampa Verlag, Hegibachstr. 2, 8032 Zürich, Schweiz

DIE GRÜNE SEITE DER KAMPA RED EYES
Gedruckt auf säurefreiem und chlorfrei gebleichtem Papier aus verantwortungsvollen Quellen, zertifiziert durch das Forest Stewardship Council. Der Einband enthält kein Plastik, die Kaschierfolie ist aus nachwachsenden Rohstoffen hergestellt und kompostierbar.

Veröffentlicht als Kampa Red Eye
Lektorat: Ulrike Ostermeyer, Berlin

Covergestaltung: Lara Flues, Kampa Verlag
Covermotiv: © Eiko Ojala
Satz: Tristan Walkhoefer, Leipzig
Gesetzt aus der Stempel Garamond LT / 220125
Druck und Bindung: CPI books GmbH, Leck
Auch als E-Book erhältlich
ISBN 978 3 311 12558 7

www.kampaverlag.ch

Für Brigitte.
Love, life, wife

»Die größte Gnade auf dieser Welt ist, so scheint es mir,
das Nichtvermögen des menschlichen Geistes,
all ihre inneren Geschehnisse miteinander
in Verbindung zu bringen.
Wir leben auf einem friedlichen Eiland des Unwissens
inmitten schwarzer Meere der Unendlichkeit,
und es ist uns nicht bestimmt,
diese weit zu bereisen.«

H. P. Lovecraft, *Cthulhus Ruf*

Prolog

Die Ereignisse, von denen ich erzählen werde, haben sich vor zehn Jahren abgespielt, und ich würde gewiss lügen, behauptete ich, jede Kleinigkeit wahrheitsgetreu vor mir zu sehen. Ich bin in einem Alter, in dem Erinnerungen undeutlich werden. Ich vergesse Namen, Daten und Gesichter und neige dazu, Geschichten entweder abzukürzen oder mit Zierrat auszuschmücken, der unnötig erscheinen mag. Ich darf jedoch mit Fug und Recht behaupten, Herr meiner Sinne und nicht etwa verrückt zu sein. Den Hinweis auf meinen Geisteszustand wird verstehen, wer es wagt, sich auf das einzulassen, was ich zu berichten weiß.

Weshalb ich die Ereignisse, die mich zehn Jahre lang bis in mein Innerstes erschütterten und noch immer verunsichern wie nichts anderes, das ich erlebt habe, erst jetzt erzähle, ist ganz einfach zu beantworten: Das Päckchen, das ich heute, wir schreiben Montag, den 25. Mai 2020, aus Irland erhalten habe, lässt mir keine andere Wahl, als so wahrheitsgetreu wie möglich zu berichten, was sich damals zugetragen hat.

Eine Geschichte ereignet sich auch ohne Erzähler, aber damit einer an ihr teilhaben kann, der sie nicht miterlebt hat, braucht es einen, der sie erzählt oder gegebenenfalls nacherzählt. In diese Rolle will ich im Gedenken an meinen Freund Christian Aplanalp schlüpfen.

Mein Name ist übrigens Arthur Dold, und ich bin siebzig Jahre alt.

1.

Es gibt Menschen, die mich für einen Sonderling halten, was zweifelsohne auch an meinem aus der Mode geratenen Beruf liegen wird. Ich treibe Handel mit Landkarten, Atlanten, Globen sowie Stichen, die sich der Kunst der Kartographie widmen. Dinge allesamt, die in unserer Zeit elektronischer Stadtpläne, Karten und Reiseführer für die meisten Menschen verstaubt wirken und den Ruch eines altmodischen Spleens an sich haben.

Ein Einzelgänger bin ich gewiss, ich war niemals verheiratet, habe keine Kinder und auch keine Angehörigen mehr, sind doch sowohl meine Eltern als auch meine Schwester Ines verstorben. Die Zahl meiner Bekannten ist klein, die meiner Freunde naturgemäß noch kleiner. Ich bin, das trifft zu, allein auf dieser Welt. Dass ich diese Tatsache nicht beklage, sondern im Gegenteil schätze, trägt natürlich dazu bei, als sonderlich zu gelten. Schon als Kind war die Einsamkeit für mich kein Schreckgespenst, nein, ich war gern für mich. Weder war ich bei den Pfadfindern noch in einem Verein, Orchester oder Chor. Meine Mitschüler und die Kinder unserer

Nachbarn hielten mich für komisch, aber sie ließen mich in Frieden. Für Gelächter sorgten meine Aufsätze, die von den Lehrern regelmäßig laut vorgelesen und für ihren altertümlichen und verschnörkelten Ton entweder gelobt oder getadelt wurden. Den Satz des einen Lehrers, ›Unser Arthur schreibt wie ein alter Mann aus dem letzten Jahrhundert‹, nahm ich als Lob mit auf meinen Lebensweg, obwohl er selbstverständlich als spöttische Kritik gedacht gewesen war. Für eine Weile machte ich mir gar einen Spaß daraus, mich anzuziehen, als käme ich aus dem 19. Jahrhundert. Lehrer und Mitschüler schüttelten zwar den Kopf, ließen mich jedoch gewähren und nahmen es als Marotte, die sich legen würde. Und so war es. Bald trug ich wieder wie alle anderen Jeans, T-Shirts, Hemden und Pullover aus synthetischen Fasern, in denen ich nicht nur schwitzte, sondern auch unweigerlich nach Schweiß roch.

Einen Bruder im Geiste fand ich erst in der vorletzten Klasse der Oberstufe. Christian Aplanalp war aus disziplinarischen Gründen von einer anderen Schule strafversetzt worden. An dem Tag, an dem er von unserem Lehrer ins Klassenzimmer geführt wurde, goss es seit dem Morgengrauen wie aus Eimern. Dunkle Regenwolken hielten das Licht zurück, ein kühler Wind erinnerte unbarmherzig daran, dass der Sommer bald zu Ende sein und dem Herbst Platz machen würde. Christian stand vor der Wandtafel und drehte sich, nass bis auf die Knochen wie er war, gemächlich vor uns im Kreis, als wollte er uns zeigen, wie ein Schüler aussieht, der an eine andere Schule versetzt worden ist. Wie Fäden aus Tang klebten ihm die Haare im ungerührten Gesicht, seine Jeansjacke war wie seine Bluejeans schwarz vor Nässe. Bis Christian in der hintersten Bankreihe neben mir Platz nehmen durfte, hatte sich zu seinen Füßen eine Lache gebildet, die die Wandtafel spiegelte.

Um wahre Freunde fürs Leben zu finden, sind die meisten von uns auf die Hilfe des Schicksals angewiesen, das habe ich an jenem Morgen vor mehr als fünfzig Jahren verstanden. Christian und ich wussten vom ersten Augenblick an, wir waren dafür bestimmt, Freunde zu werden und Freunde zu bleiben, geschehe, was da wolle. Jede freie Minute verbrachten wir zusammen, und es gab wenig, was wir nicht teilten, was wir nicht besprachen. Er war der Mensch, dem ich mich öffnete und anvertraute, und ich darf annehmen, dass dies auch im umgekehrten Fall gilt. Nach der Schule besuchte Christian die Kunstgewerbeschule, während ich eine vierjährige Berufslehre absolvierte und mich zum Buchbinder ausbilden ließ. Damals lebten wir uns zwar auseinander, gleichwohl war uns aber immer bewusst, welch großes Geschenk unsere Freundschaft bedeutete. Es kam häufig vor, dass wir uns lange nicht sahen und regelrecht aus den Augen verloren. Diese Pausen fügten unserer Vertrautheit keinen Schaden zu, sie sorgten im Gegenteil für noch mehr Nähe. Christian wurde bildender Künstler, Maler, um genau zu sein. Als er im August 1993 Susanne heiratete, war ich sein Trauzeuge, als er und seine Frau zweieinhalb Jahre später mit Hab und Gut nach Frankreich in die Ardèche auswanderten, saßen wir abwechselnd am Steuer des gemieteten Lieferwagens, und als er sich im August 2004 scheiden ließ, da Susanne dem Wahnsinn verfallen und in eine Anstalt eingeliefert worden war, stand ich ihm bei und half ihm wieder auf die Beine, indem ich ihm für drei Monate das Gästezimmer meiner Wohnung über dem Antiquariat überließ.

Erst als Christian 2006 aus Frankreich in die USA übersiedelte, wo er es in kürzester Zeit zum weltberühmten und wohlhabenden Künstler brachte, trennten sich unsere Lebenswege für eine Weile.

II.

Mit Christians Umsiedlung an Amerikas Ostküste verloren wir uns für beinahe vier Jahre aus den Augen. Wenn ich etwas von ihm erfuhr, dann aus den Medien; erst war er nur in Kunstzeitschriften präsent, bald aber auch in den Klatschspalten der Boulevardpresse, wie es nur Menschen sind, die es in Amerika zu Reichtum und Erfolg gebracht haben, Menschen, die sich an einer Hand abzählen lassen.

Besseren Einblick in Christians neues Leben erhielt ich durch einen Dokumentarfilm, den das Schweizer Fernsehen über ihn gedreht hatte. Gezeigt wurde mein berühmter Freund unter anderem in seinem Sommeranwesen in Marblehead an der Küste von Massachusetts, in den Räumen der Galerie in New York, die ihn vertrat, sowie in seinem loftartigen Atelier in Boston, der Stadt, in der er lebte. Während er Fragen der Filmemacherin beantwortete, stand er vor einem bodentiefen Fenster, durch das man auf den Atlantik und den Flughafen Logan hinaussah; als er von seiner Schulzeit erzählte und den Wert von Freundschaften pries, ohne mich auch nur mit einer Silbe zu erwähnen, schwebte hinter ihm eine Maschine der Aer Lingus im Landeanflug von links nach rechts vorbei. Dass dieses Bild einer Boeing der irischen Fluglinie Symbolcharakter hatte, sollte ich aus bestimmten Gründen erst später begreifen. Christian hatte abgenommen, er wirkte abgehärtet und erkaltet, als hätte er sich mit einem Schutzpanzer gegen alle Widrigkeiten des Lebens gewappnet. Ein Asket in schwarzem Jeanshemd und schwarzen Hosen. Das Grundstück seines mit Schindeln verkleideten Hauses senkte sich in mehreren Terrassen zum Meer und einem Strand hin ab. Die Kamera begleitete meinen Freund auf dem Spaziergang zu diesem Strand, wo er sich auf eine Holzbank setzte und einen Satz äußerte, der mich offen gestanden bis heute beschäftigt: ›Die Kunst der Kunst besteht einzig darin, den Künstler zum Verschwinden zu bringen.‹ Während er Auskunft über sein Leben und seine Arbeit gab, strahlte er Würde und Gelassenheit aus, gleichzeitig aber auch eine Kälte, in der Verachtung lag. Christian Aplanalp war Moralist, Kunst verstand er als Waffe im Kampf für eine bessere Welt mit besseren Menschen, als Werkzeug der Anklage gegen den Irrsinn dieser Welt. Er verstand sich als Kombattant und hatte, wie wohl jeder Moralist, nicht die Größe zu erkennen, dass Dinge auch anders sein können, als er sie sieht.

Nach dem Gespräch mit der Filmemacherin, unergiebig bis auf den erwähnten Satz, ging der Film auf Christians Arbeit ein, wobei die zwei Serien in den Mittelpunkt gerückt wurden, die seinen Ruhm, Marktwert und damit Reichtum begründen. Eine Reihe großer Ölbilder im Querformat zeigt immer wieder das Labyrinth, das seine frühere Frau Susanne im Garten ihres Hauses in Frankreich grabend, mauernd und pflanzend angelegt hatte, jenes Labyrinth, das letztlich wohl daran beteiligt war, dass sie den Verstand verlor. Der Gegenstand der anderen Serie, die aus dreißig Arbeiten besteht, erschließt sich den meisten Betrachtern wohl erst auf den zweiten oder gar dritten Blick, verwandelt die schiere Größe der Aquarelle in Quer- und Hochformat diesen doch in ein sinnentleertes Objekt ohne Erkennungswert. Dass es sich bei dem Gegenstand um Christians Malerhosen handelt, die er einen Monat lang Nacht für Nacht aquarellierte, nachdem er vor dem zu Bett gehen aus ihnen gestiegen war und sie achtlos zu Boden hatte fallen lassen, war eine so verblüffende wie erheiternde Erkenntnis. Ich selbst habe amüsante wie lehrreiche Stunden damit zugebracht, Christians Hosenaquarelle zu studieren und Dinge, ja Aussagen in die eigenartigen Formen hineinzulesen.

Auf dem Fernsehbildschirm wirkten die Gemälde und Aquarelle, die in Originalgröße eine machtvolle Faszination besitzen, der man sich nur schwer entziehen kann, harmlos und sogar dekorativ. In der letzten Einstellung des Dokumentarfilmes stand Christian am Strand seines Sommerhauses in Marblehead, die nackten Füße im verhaltenen und doch deutlich hörbar zischelnden Atlantik, den Blick in die Ferne gerichtet, als halte er bereits nach einem neuen, einem anderen Lebensmittelpunkt Ausschau. Während das Bild schwarz wurde, erschien noch einmal der Titel des Dokumentarfilmes: *Der Maler im kalten Wind.*

Vierzehn Monate nachdem der Dokumentarfilm gesendet worden war, erbte Christian das irische Manor House seines Großonkels Christoph Aplanalp, verließ die USA und zog im September 2009 ins County Donegal in der Republik Irland, was ich nicht etwa von ihm selbst, sondern aus den Medien erfuhr. Am 28. Dezember 2009 erhielt ich einen Brief von ihm, den ersten seit Langem, in dem er mich einlud, ohne sich zu erkundigen, wie es mir ergangen sei, am 7. Januar 2010 seinen sechzigsten Geburtstag mit ihm in seinem neuen Haus in Irland zu begehen.

III.

Am 4. Januar 2010 flog ich nach Dublin, nahm am Flughafen ein Taxi zur Connolly Station und erwischte tatsächlich den Mittagszug nach Sligo, wie ich es Christian in einer knappen Mail angekündigt hatte. Die vierstündige Zugfahrt führte zunächst durch einen Stadtteil mit bescheidenen Häusern aus Ziegelsteinen, die erstaunlich nahe an die Gleise heranrückten, später durch eine Landschaft, die zusehends karger, leerer und gleichzeitig grüner wurde, überwölbt von einem Himmel, der zwar grau war, aber dennoch kein Ende zu kennen schien. Die Reise verging wie im Flug, was nicht zuletzt an den Fahrgästen lag, die an den Bahnhöfen zu- oder ausstiegen. Frauen mit Nasen wie Vogelschnäbel, Männer mit einem verbliebenen Zahn, den sie stolz herzeigten, Schulkinder so dünn wie Stricke, blass wie Gespenster. Eine fröhliche Gesellschaft, die den Kontakt nicht scheute, wie ich es von meinen Landsleuten in der Schweiz gewohnt bin, sondern suchte, sich neben mich setzte und trotz meiner bescheidenen Englischkenntnisse nicht aufhörte, mir allerlei Fragen zu stellen und Geschichten zu erzählen, von denen ich vielleicht die Hälfte verstand. Man bot mir Sandwiches an, Chips, trockenen Kuchen, Tee aus Thermoskannen, Bier.

In Collooney, der, wie sich herausstellte, letzten Station vor dem Endbahnhof Sligo, fing es plötzlich an zu regnen. Das dürre alte Männchen, das auf dem Bahnsteig stand, offensichtlich aber weder auf unseren Zug noch auf einen anreisenden Passagier wartete, ließ sich davon nicht stören. Mit frischer Gesichtsfarbe stand es, seelenruhig und wie bestellt und nicht abgeholt, im Regen. Als wir schließlich weiterfuhren, war der Regen in Hagel übergegangen und klang, als würfe jemand Münzen auf das Dach unseres Waggons, und schon bald bedeckten Teppiche aus weißen Hagelkörner Wiesen, Felder, Straßen, Dächer. Kühe und Kälber standen reglos an blechernen Tränken, ihrem Schicksal demütig ergeben, Schafe zogen in Herden über Hügel. Kurz darauf erschien der Tafelberg Ben Bulben vor den beschlagenen Fenstern, der als Amboss aus der Erde brach und mit leuchtenden Kalksteinflanken majestätisch in die Höhe wuchs, unverrückbar wie eine Gottheit. Schwarz-Weiß-Fotos des Berges hatte ich in einem Reiseführer aus dem Jahr 1949 ausgiebig studiert und dabei nicht nur seine genaue Höhe erfahren, sondern auch, dass er zu großen Teilen aus Kalkstein bestand und laut keltischer

Mythologie in einer seiner Höhlen der tödliche Kampf zwischen Diarmuid und dem Eber von Ben Gulban stattgefunden hatte.

Der Bahnhof in Sligo stellte sich als Kopfbahnhof mit zwei Gleisen heraus, der auf mich den irritierenden Eindruck machte, er würde wie eine Kulisse abgebaut, sobald ihn der letzte Fahrgast verlassen hatte. Dieser letzte Fahrgast war ich, wie ich feststellte, nachdem ich die kleine Wartehalle durchquert hatte und durch eine verglaste Rampe auf einen wie vom Wind leergefegten Platz hinausging. Der Hagel war zu einem dichten feinsprühenden Regen geworden, der zwar kaum zu spüren war, sich aber um einen legte wie ein Netz, aus dem es kein Entrinnen gab. Gerade eben fuhr das letzte Auto davon, in dem sicherlich ein Zugpassagier saß, der erwartet worden war, und der Platz vor dem Bahnhof war bis auf ein einsames Auto mit regennassem Dach leer.

Ich war davon ausgegangen, Christian werde mich am Bahnhof in Sligo abholen, hatte ich ihm doch meine Ankunftszeit mitgeteilt, und beschloss nun, da er nirgends zu sehen war, auf ihn zu warten. Kaum hatte ich mich umgewandt, um unter der Zugangsrampe Schutz vor Wind und Regen zu suchen, wurde die Fahrertür des Autos aufgestoßen und ein Mann, wohl nur unwesentlich jünger als ich, kam mit ausgebreiteten Armen auf mich zu.

»Mr Dold«, rief er mit krächzender Stimme, die nicht zu ihm passte. »Are you Mr Dold?«

Ich blieb stehen und hob die Hand, was aussehen mochte, als wollte ich ihm bedeuten stehen zu bleiben, dabei wollte ich ihm nur signalisieren, dass ich derjenige war, nach dem er gefragt hatte.

»Here«, sagte der Mann und streckte mir einen Briefumschlag entgegen. Aus der Nähe betrachtet war der Mann deutlich jünger, als ich gedacht hatte; sein Gesicht war zwar verlebt, voller tiefer Falten und Spuren eines sorgenvollen, vielleicht harten Lebens, doch er war mit Sicherheit noch keine vierzig Jahre alt. Der gelbe Umschlag war weder beschriftet noch zugeklebt, ich zögerte, zog das zwei Mal gefaltete Blatt dann aber doch heraus. Christians Handschrift hatte sich weniger drastisch verändert als meine eigene Handschrift: Ich schreibe mittlerweile wie ein Mann, dem es egal ist, ob jemand seine Buchstaben zu entziffern vermag oder nicht. Das unlinierte Papier roch nach kaltem Rauch.

Mein lieber Dold,
bitte verzeih, dass ich Dich nicht selbst abhole, sondern Seamus, dem Du Dich ohne Sorge anvertrauen darfst. Die Arbeit hält mich gefangen. Seamus wird Dich sicher zu mir geleiten. Genieß die Fahrt entlang des Meeressaumes, bis bald:

Dein alter Freund aus dem kalten Wind
Christian

Seamus nahm mir meine Ledertasche ab, öffnete den Kofferraum seines Vauxhall, legte die Tasche sorgsam hinein, machte die Tür hinter dem Beifahrersitz auf und bedeutete mir lächelnd, auf der Rückbank Platz zu nehmen. Ich ließ mich in den Wagen gleiten und kam mir dabei seltsamerweise vor wie eine Hand, die in einen Handschuh schlüpft, der exakt für sie gefertigt worden war. Das Innere des Wagens war auffallend ordentlich und roch nahezu fabrikneu, was angesichts seines Alters allerdings unmöglich war.

Nachdem Seamus den Vauxhall gestartet und zurückgesetzt hatte, sehr langsam die Bahnhofszufahrt hinuntergefahren war und sich vorsichtig in den Verkehr eingefädelt hatte, fasste ich mir ein Herz und fragte ihn in meinem Schulenglisch, wie lange die Fahrt wohl dauere, und erfuhr, dass wir Christians Haus etwa in einer Stunde erreichen würden. Wir überquerten einen schmalen dunklen Fluss, ließen die finstere kleine Stadt Sligo hinter uns und fuhren auf den Ben Bulben zu, der wie eine steingewordene Welle vor uns stand. Seamus war ein vorsichtiger und gemütlicher Fahrer, als hätte man ihm zu verstehen gegeben, ich sei eine wertvolle oder aber sehr heikle Fracht. Nach wenigen Minuten waren wir dem Berg so nah, dass ich glaubte, die Kälte zu spüren, die seine steilen Felswände abstrahlten. Die Empfindung, der steinerne Amboss drehe sich in jeder Kurve mit uns mit, um meinen Blick nicht freizugeben, war so unangenehm, dass mir schwindlig wurde. Lag ein Sirren in der Luft, oder bildete ich mir das nur ein? Als ich die Augen wieder öffnete, lag rechts der Straße ein düsterer Friedhof, der sich an die Flanke des Tafelberges zu schmiegen schien, als suchte er Schutz. Ich wollte Seamus eben fragen, ob dies der Friedhof von Drumcliff sei, auf dem sich das Grab des irischen Dichters William Butler Yeats befand, über den ich in meinem Reiseführer gelesen hatte, da erhoben sich Hunderte, wenn nicht Tausende Krähen von den kahlen Ästen eines hohen und wohl sehr alten Baumes. Die Vögel bildeten ein schwarzes Tuch, das über den dunkelgrauen Himmel wallte, als würde es von einer gewaltigen, unsichtbaren Gottheit bewegt. Zu hören war von den Krähen nichts, kein Krächzen und kein Flügelschlagen, kein Ton, was den riesigen Schwarm nur noch unheimlicher machte.

»Cast a cold eye on life, on death. Horseman, pass by«, sagte Seamus, ohne sich zu mir umzuwenden.

»William Butler Yeats«, sagte ich wie ein braver Schüler, »der Vers steht auf seiner Grabplatte.«

Seamus warf mir im Rückspiegel einen Blick zu,

die Andeutung eines amüsierten Lächelns um die Mundwinkel, und sah dann wieder auf die Straße, ohne etwas zu entgegnen.

An den Rest der Fahrt habe ich keine deutliche Erinnerung, mag sein, ich war eingenickt, jedenfalls glitten wir plötzlich durch ein Tor mit weit geöffneten eisernen Flügeln. Auf den Steinsäulen, die die Gitter trugen, saßen Drachen mit ausgebreiteten Schwingen, geschützt von großschuppigen Rüstpanzern. Ihre feuerspeienden Rachen waren aufgerissen, als wäre es ihre Aufgabe, Eindringlinge mit böser Absicht fernzuhalten. Die Zufahrt, die nun vor uns lag, wand sich im Licht der Scheinwerfer in einem weit ausholenden Bogen durch Wiesen, die sich, mittlerweile war es 18 Uhr 13, wie ich auf der Uhr am Armaturenbrett las, in der erschreckend umfassenden Dunkelheit verloren. Seamus hielt hinter dem Tor, zog die Handbremse an, stieg aus, drückte die Autotür ins Schloss und machte das Tor hinter uns zu. Das satte Geräusch des eisernen Riegels, der einschnappte, hatte etwas Endgültiges. Wieso war mir der Rosenkranz bisher nicht aufgefallen, der am Rückspiegel hing? Der Gedanke, der sich mir aufdrängte, machte mir Angst, und ich hätte ihn beinahe laut ausgesprochen, als bliebe er damit Gedanke und würde auf keinen Fall wahr: ›Jetzt sitzt du in der Falle!‹ Nun fing es an zu schneien. Die Flocken, die langsam durch die beiden Scheinwerferbalken trieben, wurden von einem Luftzug bewegt, von dem nichts zu hören war, kein Hauch, kein Wispern. Es sah aus, als würden die Flocken von einer starken magnetischen Kraft angezogen und in den finsteren Raum vor uns gesogen.

»Are you ready?«, fragte Seamus, als er wieder hinter dem Steuer Platz genommen hatte, ohne die Tür zuzuziehen.

Auf seiner linken Schulter schmolz eine große Schneeflocke und hinterließ eine dunkle Form auf dem karierten Tweed seiner Jacke. Die Luft, die in den behaglich warmen Wagen drang, war beißend kalt und erstaunlich feucht, obwohl wir uns weder in unmittelbarer Nähe des Meeres noch irgendeines Sees oder Baches befanden, wie ich auf einer in den alten Reiseführer eingeklebten detailgenauen, aber natürlich längst überholten Karte der Umgebung von Donegal Town gelernt hatte. Christians neues Haus befand sich in einem namenlosen Gebiet zwischen diesem Donegal Town und einem Ort namens Laghy.

»Ready?«, fragte Seamus noch einmal, ohne Spur von Ungeduld oder Eile.

Ich begriff, dass er nicht losfahren würde, bevor ich ihm nicht zu verstehen gab, bereit zu sein. Bereit wofür? Er hatte beide Hände am Lenkrad und ich war unsicher, ob er vorher schon schwarze Handschuhe getragen hatte. Hatte er sie übergestreift, als ich eingenickt war? Erst jetzt fiel mir auf, dass ich meine Lederhandschuhe vermisste, gekauft vor Jahrzehnten in Salzburg; bestimmt hatte ich sie im Zug liegen lassen.

»Ready«, sagte ich nach kurzem Zögern.

Englisch zu sprechen fühlte sich falsch an, als machte ich Seamus etwas vor, das nicht den Tatsachen entsprach. Seamus nickte, legte den Gang ein und fuhr an. Ich hatte versucht, Christians Haus, das im Jahr 1857 gebaut worden war, wie ich aus einem Interview mit ihm in einer Kunstzeitschrift wusste, auf der Karte ausfindig zu machen, aber da ich weder seine Anschrift noch den Namen des Hauses kannte, war ich auf Vermutungen angewiesen gewesen und hatte mich auf keines der eingezeichneten Häuser festlegen können. Die Fahrt schien kein Ende zu nehmen, Seamus bog immer aufs Neue in schmale Straßen ab, das Grundstück musste von enormer Größe sein, und ich wollte ihn eben fragen, ob er sich verfahren habe, als Christians Haus vor uns aus der Dunkelheit trat, stattlich und herrschaftlich, aber auch düster, ja abweisend, angestrahlt von unseren Scheinwerfern. Wie auf Schienen glitten wir traumgleich darauf zu.

In keinem der zahlreichen Fenster brannte Licht, dafür ging eine Außenlampe an, noch bevor wir angehalten hatten, und tauchte den von zwei Säulen gestützten und über vier verwitterte, mit Splitt bestreute Steinstufen zu erreichenden Vorbau in warmes Licht. Das zögerliche Schneien war übergegangen in ein stilles, gleichmäßiges Schneetreiben, das nicht nur die Geräusche dämpfte und in Watte packte, sondern auch den Pulsschlag der Welt verlangsamte. Die hölzerne Haustür wurde geöffnet und jemand trat ins Freie, um uns zu begrüßen, die Hand als Schutz vor unseren Scheinwerfern vor Augen. Dass es nicht Christian, sondern eine Frau war, begriff ich in dem Moment, in dem Seamus den Motor ausschaltete, ohne Anstalten zu machen, die Tür zu öffnen und auszusteigen. Ich ließ den Blick über die Fassade des Herrschaftshauses wandern, zählte sechzehn hohe Fenster, unterteilt durch Längs- und Quersprossen und sah, dass sich an mehreren Stellen Mauerschwamm gebildet hatte.

»She's called Bernadette«, sagte Seamus leise, »be careful.«

Damit stieg er ohne ein weiteres Wort aus und warf die Tür so kräftig zu, dass ein Ruck durch den Wagen ging, als wäre er von einer Böe getroffen worden. In einem der Fenster flackerte das Licht einer Kerze, der Umriss eines Menschen erschien, verschwand jedoch sogleich wieder, als habe er sich weggeduckt, um nicht von mir entdeckt zu werden. Hatte er einen Hut getragen? Erschreckenderweise war mir, als hätte ich ein Todesbild gesehen, welches wie der Schatten eines Vogelschwarms über mich hinwegzog. Seamus öffnete den Kofferraum, nahm meine Reisetasche heraus, drückte den Kofferraum vorsichtig zu und ging dann durch den fallenden Schnee zum Haus hinüber, meine Tasche dicht am Körper tragend, um sie vor der Nässe zu schützen. Die Frau war wieder im Haus verschwunden. Ich blieb noch einen Moment sitzen, dann stieg ich ebenfalls aus.

Ich spürte einen Schauer über den Rücken ziehen, mein Nacken versteifte sich, als erwartete ich einen Schlag aus der Dunkelheit.

IV.

Im mächtigen Kamin des Salons, in dem ich alleine aß, schwelte ein Torffeuer, das mir das Atmen erschwerte, wollte der Qualm, der von den Soden aufstieg, doch nicht recht abziehen. Zuerst hatte Bernadette, die Haushälterin, die vors Haus getreten war, mich in mein Quartier geführt, das sich im ersten Stock des Gebäudes am Ende eines verwinkelten Ganges befand, über ein eigenes Bad mit Wanne verfügte und dessen Fenster auf den verschneiten Vorplatz hinausging. Ich war an die Scheibe getreten und hatte festgestellt, dass Seamus' Vauxhall verschwunden war; dass ich Seamus einige Tage nicht sehen würde, konnte ich zu dem Zeitpunkt unmöglich ahnen. Ich hatte meine Toilettenartikel aus der Tasche genommen, meinen Pyjama aufs Doppelbett gelegt und mich von Bernadette, die geduldig vor der Zimmertür gewartet hatte, in den Salon im Erdgeschoss führen lassen. Sie war vielleicht vierzig Jahre alt, grobknochig, aber nicht füllig, großgewachsen und von derber Schönheit. Ihr dichter feuerroter Haarschopf, der aussah, als sei er weder durch Spangen noch Klammern zu bändigen, ließ mich an die Flammenzungen über den Köpfen der Pfingstjünger denken, die im Katechismus abgebildet gewesen waren und mich fasziniert hatten. Sie trug schwarze Lederhosen mit einer eigenartigen Rippung über den Knien und einen langen moosgrünen Pullover aus feiner Wolle. Was mit Bernadettes Gesicht nicht stimmte, ging mir erst nach einer Weile auf: Ihre Augen standen einen Hauch zu dicht zusammen, zudem schielte sie leicht und hatte diesen Silberblick, der mich an Frauen immer irritiert und angezogen hat.

Die Tafel, an der ich aß, war mit einem weißen, bestickten Tischtuch bedeckt, das allerdings einen unangenehm modrigen Geruch verströmte, der mir beinahe den Appetit verdarb, und das Tafelsilber war so kostbar wie das mit Jagdszenen bemalte Porzellangeschirr. Der Salon, sechs Meter lang und vier Meter breit, war mit ungewöhnlich breiten, in dunklem Ton gebeizten Dielen ausgelegt, auf denen ein Perserteppich in Rost- und Gelbtönen lag. Über die grün-weiß gestreifte Tapete liefen verschlungene keltische Mäander, die mein Auge ein ums andere Mal narrten, wenn ich sie zu entschlüsseln suchte. An den Wänden des Salons hing nicht ein einziges Bild, der Sims des Kamins war leer. Einzig über dem Kamin war ein gestochener Plan in einem üppig verzierten Goldrahmen aufgehängt worden, den ich mir nach dem Nachtessen genauer ansehen wollte. Da die scharlachroten, etwas verschossenen Gardinen vor den Fenstern vorgezogen waren, konnte ich nicht sehen, welche Landschaft sich vor der Rückseite des Hauses auftat oder ob es dort Anbauten oder weitere Gebäude gab. Wo sich die mit Sicherheit große Standuhr befand, die das laute, störende Ticken verantwortete, das innerhalb kürzester Zeit die Bewegungen meines Besteckes diktierte, konnte ich nicht ausmachen. Nach einer lauwarmen und kaum gewürzten Möhrensuppe trug Bernadette ein Irish Stew mit Kartoffelpüree auf, ein Gericht, das ich bei einer verregneten Irlandreise vor vielen Jahren regelrecht zu hassen gelernt hatte. Der schwere Rotwein, serviert in einer Karaffe, war hervorragend, wenn auch deutlich zu kalt. Ich aß kaum die Hälfte des Lammfleisches, trank dafür aber mehrere Gläser Rotwein, um die nötige Bettschwere zu erlangen.

Wieso Christian sich noch immer nicht gezeigt hatte, war mir ein Rätsel, und als Bernadette den Hauptgang abgetragen hatte und gleich darauf mit einem grünen Pudding erschien, von dem jede ihrer Bewegungen auf seismografisch-feine Art abzulesen war, hielt ich es nicht länger aus.

»Where is Christian?«, fragte ich.

Sie stellte den wackelnden Pudding vor mir auf den Tisch und erklärte, übertrieben betont und langsam, als redete sie mit einem Idioten, mein

Freund Christian, so drückte sie sich aus, könne sich unmöglich von einer Arbeit losreißen, an der er seit Monaten sitze und die sich ausgerechnet heute Nacht, dafür entschuldige er sich bei mir, vollenden lasse. Während Bernadette redete, fiel mir ihre gebeugte, ja bittstellerische Körper- und Kopfhaltung auf, die ihr, so erschien es mir, zur Gewohnheit geworden war. Sie stellte die Weinkaraffe auf ein gläsernes Tablett, obwohl sich noch ein halbes Glas darin befand, deutete eine Verbeugung an, ironisch lächelnd, wünschte mir eine gute Nacht und verließ den Salon. Ich stand auf, sobald ich allein war, ging zur Tür hinüber und machte den Kristalllüster aus, der erstaunlich tief über der Tafel hing, drehte mich aber noch einmal um, bevor ich auf den Gang hinaustrat: Im Dunkeln gloste der Torf, als würde das Feuer durch einen Blasebalg neu entfacht, und für einen kurzen Moment sah es aus, als bildeten die aufleuchtenden, rasch verglimmenden Glutpunkte ein Gesicht mit verzerrter Fratze.

Erst vor meiner Zimmertür fiel mir ein, dass ich vergessen hatte, mir den Plan über dem Kamin etwas genauer anzuschauen. Da mich die lange Reise zu sehr ermüdet hatte, um noch einmal ins Erdgeschoss hinunterzusteigen, drückte ich die Klinke und betrat mein Schlafgemach.

Hatte Bernadette die Stehlampe angemacht, das Bett aufgeschlagen und die Ärmel meines Pyjamaoberteiles ausgebreitet, als erwartete es mich? Für eine Dusche fehlte mir die Entschlusskraft, wenigstens putzte ich mir gründlich die Zähne und wusch mir das Gesicht mit warmem Wasser. Irgendwo im Haus lief Musik, weit entfernt und leise, als wehte sie aus einer fernen Welt herüber, was die schöne Vorstellung in mir auslöste, es würde noch immer schneien. Ich trat ans Fenster und sah hinaus, konnte aber nicht das Geringste sehen, so absolut finster war es. Ich zog mich aus, faltete sorgsam meine Hose zusammen und legte sie auf den Stuhl, der an einem Rollpult stand, hängte Hemd und Pullover in einen Schrank, in dem es nach Mottenkugel roch und auf dessen Boden ein Schuhspanner aus hellem Holz auf einer grauen, eng zusammengerollten Wolldecke lag. Als ich in die Pyjamahose schlüpfte, bemerkte ich meine Handschuhe aus Salzburg, die ich im Zug vergessen geglaubt hatte und die neben einer PET-Flasche Mineralwasser auf dem Nachttischchen lagen.

V.

Woher weiß der Mensch, er ist nicht länger allein in einem Raum, selbst wenn er schläft? Es ist mir kaum möglich, den Schrecken in passende Worte zu fassen, der mich in der Nacht auf den 5. Januar 2010 wie eine Eisenklaue packte und mir den Atem aus der Brust presste. Ich fuhr aus dem Schlaf, aufgeschreckt durch eine fremde Präsenz, einen anderen Menschen, der atmet wie ich, dachte ich, schluckt wie ich, lauscht wie ich.

Unvertraut mit der Umgebung, in der ich erwacht war, stieß ich die Wasserflasche vom Nachttisch, als ich das Lämpchen mit dem Stoffschirm andrehte, um in die Zeit und das unbekannte Zimmer zurückzufinden. Christian saß versonnen lächelnd am Fußende des Bettes auf dem Stuhl, meine Hose hatte er auf das Pult gelegt.

»Es hat aufgehört«, sagte er leise, ohne sich mit einer Begrüßung aufzuhalten.

»Aufgehört zu schneien?«

Er nickte langsam. Die Erkenntnis, dass mein Freund in den Jahren, in denen wir uns aus den Augen verloren hatten, zum alten Mann geworden war, traf mich wie ein Schlag. Seine Gesichtshaut war totenblass, beinahe weiß, der Bartschatten auf Wangen und Kinn blauschwarz und so dicht, als hätte eine Maskenbildnerin ihn für einen Bühnenauftritt geschminkt. Der Satz ›Ein weiser Mann geht mit gesenktem Kopf, fast unsichtbar‹ fiel mir ein, den Christian in dem Dokumentarfilm beiläufig geäußert hatte und von dem ich nicht wusste, stammte er von ihm oder nicht?

»Bist du fertig geworden mit deinem Bild?«

»Zeichnung, es ist eine Zeichnung. Ich male nicht mehr. Ja, ich bin fertig geworden damit. Aber sie taugt nichts.«

Christian war dünn, immer schon gewesen, doch nun spannte sich sein Hemd über der tiefsitzenden kleinen Halbkugel seines Bauches. Sein Blick war argwöhnisch wie eh und je. War Traurigkeit in seine hart gewordenen Züge eingeschrieben, gar Schwermut? Oder war er einfach nur müde?

»Das kannst du gar nicht wissen, Christian, du hast sie doch grade erst …«

»O doch«, unterbrach er mich, stand auf und trat ans Fenster.

Er trug ein mit ledernen Ellbogen besetztes Tweedjackett, schwarze Jeans und schwarze Stiefel, die an Reitstiefel erinnerten, obwohl sie dafür zu schwer und klobig waren.

»Die Reise war angenehm?«

»Ich fliege ungern.«

»Ich fliege gar nicht mehr. Ich bin alt geworden, ich weiß.«

»Das bin ich auch.«

»Nicht wie ich«, sagte mein Freund und setzte sich wieder hin.

Seine Haare, bei unserem letzten Zusammensein grau, waren nun eisgrau. Er trug sie so lang wie früher, aus der Stirn gekämmt und im Nacken zu einem Pferdeschwanz gebunden.

»Malen kann ich nicht mehr, und meine Zeichnungen taugen nichts, ich müsste mich ablenken, weiß aber nicht wie. Die Zerstreuung ist die einzige Rettung vor dem Schauder des Denkens«, sagte er, die Lippen spitzbübisch gespitzt.

Er liebte es, eigene Gedanken und Sätze mit Zitaten zu mischen, die ich, das hatte er mir als Jugendlicher gestanden, finden und zuordnen sollte.

»Blaise Pascal«, sagte ich und zog die Decke bis zum Hals.

»Immer noch der Alte, mein lieber Dold.«

»Und du? Bist du noch der Alte, Christian?«

»Das wird sich zeigen, mein lieber Dold, das wird sich zeigen. Das Träumen fängt da an, wo das Nachdenken aufhört.«

»Wen hast du eigentlich zu deiner Geburtstagsfeier eingeladen?«

»Abgesehen von dir, meinst du?«

»Ich werde wohl kaum der einzige Gast sein!«

»Doch. Keinen hab' ich eingeladen. Nur dich.«

»Keinen sonst?«, fragte ich ungläubig.

»Keinen. Wieso sollte ich?«

»Es ist dein sechzigster, Christian!«

»Letztes Jahr war es der neunundfünfzigste, und nächstes Jahr wird es der einundsechzigste sein. Na und? Frühstückst du morgen mit mir? Um zehn? Unten, im Salon?«

Er erhob sich und trat an mein Bett, und für eine Schrecksekunde glaubte ich wirklich, er wollte mich wie ein fiebriges Kind tröstend auf die Stirn küssen, doch dann machte er nur das Licht aus und ging ohne ein weiteres Wort aus dem Zimmer.

›War mit der Art unseres Wiedersehens der Rahmen abgesteckt, in dem wir uns begegnen würden?‹, war die Frage, die mir durch den Kopf ging.

VI.

Am anderen Morgen stand ich nach neun auf, duschte lange, rasierte mich und betrachtete die kleine Radierung, die in einem schmucklosen Rahmen zwischen Waschbecken und Wanne an der bis auf Brusthöhe gefliesten Wand hing. Im Schlafzimmer, wie mir erstaunlicherweise erst diesen Morgen aufgefallen war, hing kein einziges Bild; die Zimmerwände waren so leer wie die Wände in den Gängen und im Treppenhaus. Ertrug mein Freund Christian keine Bilder mehr? War es Zufall, dass die Radierung ausgerechnet im Bad des Gästezimmers hing, in dem er mich einquartiert hatte? Ich hatte die Radierung vor mehr als dreißig Jahren von einem Freund geschenkt bekommen, der sich auf einem Gletscher in Graubünden das Leben genommen hatte, und ich hatte sie Christian weitergeschenkt, weil er sie jedes Mal, wenn er sie sah, in den höchsten Tönen lobte. Die dunkel gehaltene Arbeit zeigt einen Bergsee nach Einbruch der Nacht, an dessen Ufer ein Schäfer mit seinem Hirtenhund und einer Schafherde steht. Der Mann blickt über das windgesträubte Wasser des Sees zu einem Haus hinüber, das neben einem wuchtigen Befestigungsturm auf einer kanzelartigen Anhöhe steht. Abgesehen von einem Gipfel mit schneebedeckter Schulter, der das letzte Tageslicht einfängt, liegt die Szene im Schutzmantel der Nacht und strahlt, trotz des gemütlich aus dem Kamin des Hauses steigenden Rauches, eine bedrohliche Stimmung aus, die mich immer zum Nachdenken über die eigene Sterblichkeit anstiftete. Vor Jahren hatte Christian mir erzählt, die Radierung rege ihn zum Malen an und sei ihm eine nie versiegende Quelle der Inspiration, was er sich nicht erklären könne, da er sich nichts aus den Alpen mache und ihm die Vorstellung, in dem Haus am Bergsee leben zu müssen, ein Graus sei.

In der vergangenen Nacht hatte ich lange wach gelegen, weil mir meine Handschuhe nicht aus dem Kopf gingen. Wie waren sie in das Zimmer gekommen? Wer hatte sie auf das Nachttischchen gelegt? Hatte ich sie nicht im Zug, sondern in Seamus' Vauxhall liegen lassen? Schließlich war ich dann doch in einen tiefen, schweren Schlaf gefallen, in welchen Bilder meiner zurückgelegten Reise hineinwehten wie helle Vorhänge in ein nachtschwarzes Zimmer.

Obschon es kräftig geschneit hatte, als ich mich schlafen gelegt hatte, lag erstaunlicherweise kaum Schnee, wie ich am Fenster des Bades stehend erkannte. Hinter Christians Wohnhaus standen zwei aus gelblichen Ziegelsteinen aufgemauerte, mit blauem Schiefer gedeckte Gebäude, am ehesten wohl ehemalige Stallungen oder Remisen, daneben breitete sich ein ungepflegter, verwilderter Garten aus, um den eine Mauer verlief, deren Ziegel sich an der Wetterseite grün verfärbt hatten. Weißscheckiger Efeu bedeckte Teile der Gebäude, deren Dächer in der Farbe vermoderten Laubes schimmerten. Hinter den früheren Stallungen oder Remisen öffnete sich die Landschaft wie zu einer Bühne. Vor einem Erlengehölz stand eine verrostete Maschine mit ausladendem Gestänge, von der ich mir beim besten Willen nicht denken konnte, wozu sie einmal gebraucht worden war, und in einem Buchenstand weit in der Tiefe der Bühne hatte sich eine große Krähenkolonie eingenistet, die jedoch ausgeflogen war, wie die zahlreichen leeren Nester verrieten. Das Licht der hinter Wolken verborgenen Sonne war diesig und hatte einen geheimnisvollen gelben Stich, der alles mit einer kostbaren Patina belegte und zum Leuchten brachte. Am Horizont verloren sich die sanften Wellen der Höhenzüge, von den Bergen im Norden Donegals, die ich auf meinen Landkarten studiert hatte, war bei dieser Wetterlage nichts zu sehen. Bestimmt zehn Minuten stand ich im Bann des Zauberlichtes still am Badezimmerfenster, in der Betrachtung dieser ruhigen, leeren Landschaft verloren, dann zog ich mich an und sah auf meiner Armbanduhr, es war Zeit, mich in den Salon zu begeben, um mit Christian zu frühstücken.

Kaum hatte ich an der Tafel mit zwei Gedecken Platz genommen, öffnete sich die Tür und Christian rollte ein Servierwägelchen mit leise quietschenden Gummirädern in den Salon. Er hatte sich eine weiße Schürze umgebunden, legte mir zur Begrüßung die Hand auf die Schulter und stellte Schüsseln, Schälchen, Kännchen und einen großen Teller auf den Tisch, der mit einer Edelstahlhaube gedeckt war. Der Duft nach Kaffee, gebratenem Speck und warmer Milch, der sich im Zimmer breitmachte, war köstlich und erinnerte mich eigenartigerweise an meine Kindheit, obwohl ich damals natürlich nie Kaffee trank und meine Mutter niemals Speck für uns Kinder briet.

Meine Frage nach Bernadette amüsierte Christian, eine Antwort blieb er mir allerdings schuldig. Stattdessen beschrieb er mir die Reaktionen seiner schockierten Verwandtschaft bei der Eröffnung des Testaments seines Großonkels Christoph Aplanalp, als sich herausstellte, dass er ihm das neoklassizistische Herrschaftshaus aus dem Jahr 1857 im Nordwesten Irlands vermacht hatte und er das Anwesen tatsächlich beziehen wollte. Wie früher erzählte Christian, und ich hörte zu, eine Verteilung der Rollen, die ich immer als richtig empfunden hatte.

Lange hatte ich kein so reichhaltiges Frühstück genossen, Toast mit Wildlachs, Spiegeleier mit Speck, Würstchen, Bratkartoffeln, warmen Porridge mit Heidelbeeren und geriebenen Nüssen und ein mit Rahm unterzogenes Rhabarberkompott, das meine Zunge mit einem pelzigen Geschmack belegte, den ich den ganzen Tag nicht mehr loswerden sollte.

»Arbeitet Seamus für dich, oder hast du ihn nur für die eine Fahrt engagiert?«, fragte ich, als Christian Kaffee nachschenkte.

»Mal so, mal so«, antwortete er vage.

»Ganz schön herrschaftlich, dein Haus.«

»Was dich nicht irritieren dürfte. Du mit deiner Erfahrung.«

Er spielte auf meine Kindheit an, die ich als Sohn des Gärtners, der verantwortlich war für den herrschaftlichen, parkähnlichen Garten eines mit Registrierkassen und Büromaschinen zu Geld und Ansehen gekommenen Fabrikanten, im Pförtnerhaus einer Villa namens Italica am Seeufer sozusagen als Zaungast des großbürgerlichen Milieus verbracht hatte. Christian war als Sohn eines ungelernten Fabrikarbeiters in ärmlichen Verhältnissen in einer Mietwohnung aufgewachsen. Ich verzichtete darauf, ihn auf sein Sommerhaus in Massachusetts anzusprechen und fragte ihn stattdessen nach dem Plan, der über dem Kamin hing.

»Künstlerisch gesehen ist der Kupferstich wertlos«, sagte er und stapelte das Geschirr auf das Servierwägelchen, »und doch ist er interessant.«

»Interessant?«, sagte ich und ging ihm zur Hand.

»Mein Großonkel Christoph hat ihn stechen lassen. Den Namen des Künstlers kenne ich nicht, und der Plan ist auch nicht signiert. Er zeigt das Haus und zeigt es nicht.«

Christian trat an den Kamin und ging mit seinem Gesicht so dicht an den Rahmen heran, dass seine Nase fast das Glas berührte, und lächelte verträumt.

»Schau, hier.«

Jetzt tat ich endlich, was ich mir letzte Nacht vorgenommen und dann versäumt hatte: Ich sah mir den Plan genauer an.

»Sein Gesicht«, sagte Christian leise, wobei er mich musterte, »trug den einfältigen Ausdruck eines Menschen, der nachdenkt und sich nicht bemüht, es zu verbergen.«

»Thomas Mann?«

»Franz Kafka, mein lieber Dold! Dass ich Pläne und Karten beinahe so sehr schätze wie du, weißt du. Im Gegensatz zu dir gefallen sie mir aber noch besser, wenn sie falsch sind. Wenn sie eine zweite Geschichte erzählen, diejenige hinter derjenigen, die wir alle nur zu gut kennen.«

Mein ratloser Gesichtsausdruck ließ ihn erneut dicht an den Stich herantreten; ohne mich aus den Augen zu lassen, deutete er mit dem Zeigefinger auf einen großen Raum, der an die Querseite des Haupthauses angebaut war, die in Richtung der früheren Remisen oder Stallungen zeigte. Sein Handrücken war mit einem metallisch schimmernden Glanz wie imprägniert. Graphit? Asche?

»Dieser Anbau hier«, sagte er, »es gibt ihn und es gibt ihn nicht.«

»Das musst du mir erklären.«

»Die vier Stuben, die geräumige Küche, die zwei Gesinderäume, das Bad, die Bibliothek und die beiden Salons im Erdgeschoss hat der Künstler haargenau mit der Realität zur Deckung gebracht. Ich hab' die Räume nachgemessen, alles stimmt. Das Dienstzimmer des Gärtners samt fensterlosem Gelass aber, in dem wohl Samenkästen und sein Pflanzenarchiv standen, hat er viel zu groß und mit anderen Dimensionen gestochen.«

»Und der Anbau?«

»Es gibt ihn, und es gibt ihn nicht.«

»Soll heißen?«

»Mal ist er da, mein lieber Dold, mal ist er nicht da, ganz einfach. Das erste Stockwerk stimmt genau, vier Schlafräume, drei Bäder, ein Gesinde- sowie ein Ankleidezimmer. Im Dachgeschoss dagegen gibt es neben den tatsächlich existierenden

Bedienstetenkammern auf dem Plan ein Zimmerchen, das es nicht gibt. Hier.«

Er zeigte auf ein Zimmer am Ende eines schmalen, seltsam gebogen verlaufenden Ganges, das wie ein Dreieck geformt war und, nahm man den Plan ernst, als Erker aus der Frontfassade ragen musste. Der offenbar aus Steinplatten gefügte Weg, der das Wohnhaus mit den ehemaligen Stallungen oder Remisen verband, war in Form eines Fragezeichens angelegt, das in der Landschaft lag.

»Eine künstlerische Darstellung«, sagte ich, »kein Plan.«

»Darf ich dir mein Atelier zeigen?«, gab Christian zurück und schob das quietschend protestierende Wägelchen auf die Tür zu.

VII.

Haselsträucher hatten sich zu einem Dach geschlossen und bildeten einen Tunnel, der vom Hintereingang des Hauses zur früheren Remise führte, in der sich Christians Atelier befand. Zuletzt überquerten wir einen mit Katzenkopfsteinen gepflasterten Vorplatz, auf dem ein angefrorener Schneehauch lag; obwohl kaum über Null Grad, war der nächtens gefallene Schnee auf den Wiesen bereits wieder geschmolzen.

»Mein Großonkel hat der Natur hier zu viel aufgebürdet«, sagte Christian, »ich gebe ihr ihren Willen und die Freiheit zurück.«

Er öffnete eine rot lackierte Eisentür mit eingelegtem Fenster, das allerdings blind war vor Schmutz, trat zur Seite und schob mich in einen Raum, in dem es so dunkel war, dass ich instinktiv beide Hände hob, um unsichtbare Hindernisse zu ertasten. Es dauerte, bis sich meine Augen einigermaßen an die für das Atelier eines Malers höchst ungewöhnlichen Lichtverhältnisse gewöhnt hatten und ich erkannte, wie groß und hoch es war. Ob der Fußboden aus Holzdielen oder Stein bestand, war unmöglich zu sagen, war er doch von einer schwarzen, verkrusteten, gleichzeitig schmierigen Masse bedeckt, die mich an erstarrte Lava erinnerte, Graphitstaub, wie ich vermutete, der sich monate-, wenn nicht jahrelang Gran für Gran abgelegt und abgelagert hatte. Überall stapelten sich Türme von Zeitschriften, Mappen und Büchern, die auch herumstehende Stellagen und Tische bedeckten. Auf einem roten Fauteuil lagen ein altmodischer tabakbrauner Lederball mit gelb abgesetzten Nähten und ein abgenutzter Baseballhandschuh, ich sah Farbtöpfe und Paletten, ausrangierte Tischschubladen voller Stifte und Pinsel in allen möglichen Stärken und Größen. In der Mitte des Ateliers, das wie ein spitzgiebliges Zelt bestimmt fünf Meter in die Höhe ragte, waren vor einem Matratzenlager, einem elektrischen Heizradiator und einem schwarz verkrusteten Plattenspieler zwei Staffeleien dicht nebeneinander aufgebaut. Den aus Eisenrohren und einem Fahrradsattel aus braunem Leder zusammengebauten Sessel kannte ich bereits aus früheren Ateliers von Christian. Vor Jahren hatte ich mich heimlich daraufgesetzt und gewundert, wie unbequem er war. Vor diesem Malersessel lag ein Wolllappen, von schwarzer Farbe oder Graphitstaub durchdrungen und verfärbt.

»Er nahm eine Scherbe und schabte sich und saß in der Asche«, sagte Christian und verschwand in der Tiefe des Ateliers, die für meine Augen noch immer zu dunkel war, um zu erkennen, was er dort trieb. Ich hörte ihn herumrumoren, Gegenstände verschieben und mit sich selbst reden. Weiß stand mein Atem vor meinem Mund, so kalt war es im Atelier. Als Christian zurückkam, trat er mit der Fußspitze auf den Kippschalter einer Steckdosenleiste, und eine tiefhängende Lampe mit einem Metallschirm, wie man sie aus Fabrikationshallen kennt, die ich nicht bemerkt hatte, warf ihr Licht auf die Staffeleien. Der Gegenstand, den Christian in der Hand hielt, stellte sich als Mäusefalle heraus, keine Schnappfalle, welche die Tiere in der Regel tötet, sondern einen jener kleinen Käfige, in dem die Maus, angelockt durch ausgelegte Köder, zwar am Leben bleibt, sich jedoch unmöglich selbst daraus befreien kann.

»Die sechsundzwanzigste diese Woche«, sagte Christian und hielt mir die Falle mit der gefangenen, vor Todesangst erstarrten Maus vors Gesicht. »Dabei ist erst Mittwoch!«

Er stellte die Falle auf einen mit schwarzem Staub bedeckten Tisch, auf dem Graphitstifte und Kreiden in allen möglichen Stadien der Abnutzung durcheinanderlagen, und trat danach so vorsichtig an die Staffeleien heran, als fürchte er sich vor ihnen. Auf der linken Staffelei war eine große, tiefschwarze Arbeit im Querformat auf der Unterlage befestigt, auf der rechten die Reproduktion eines Kunstwerkes, das ich nicht kannte, ausgerissen wohl aus einem Buch, angepinnt mit einer einzelnen Stecknadel mit gelbem Köpfchen.

»Robert Fludd«, sagte Christian und strich mit den Fingerrücken seiner rechten Hand zärtlich über die Reproduktion, »Utriusque Cosmi, das Licht, die unerschöpfliche Quelle aller Dinge, erscheint in der Dunkelheit und mit ihm die Gewässer, die sich zu teilen beginnen. Die in Nah, hell, die in Fern, finster.«

Die Darstellung auf schwarzem Grund zeigte eine knochenhelle, runde Scheibe mit unscharfem Rand, aus deren dunklem Zentrum wie Speichen eines Rades schlanke, gegen außen heller werdende Balken wuchsen. Die Kreisform erinnerte mich an den Mond, den ich am Morgen durch das Fenster des Bades betrachtet hatte, der als fahle Scheibe am Himmel stand.

»Kein Wunder«, sagte Christian, »ist unser Planet ein Jammertal, da er doch aus dem Bodensatz der Schöpfung entstanden ist, in dem der Teufel haust.«

»Friedrich Nietzsche?«, fragte ich und wandte mich der Zeichnung auf der linken Staffelei zu.

»Robert Fludd, mein lieber Dold, wie bereits erwähnt.«

»Ist das die Zeichnung, die du gestern Nacht beendet hast?«

»Seit mein Kater Tolstoi verschwunden ist, muss ich sie fangen«, gab er zurück, nahm die Mäusefalle und drückte sie mir in die Hand.

Christians Graphitzeichnung war eine unruhig brodelnde Fläche, die sich aus Abertausenden, voller Kraft und wohl auch Wut oder Zorn aufgetragener schwarzer Striche Schicht um Schicht aufbaute, eine Arbeit, die verbarg und zudeckte, statt zeigte und freilegte. Erst als ich die Lider halb senkte und die Zeichnung absichtslos und wie im Zustand des Halbschlafes betrachtete, erkannte ich die dicht stehenden Gebäude und an Tempel erinnernden Bauten und die dazwischen verlaufenden Wege und Straßen, die wie eine im Licht der Lampe zitternde Fata Morgana unter der dunklen, blau schimmernden Graphitschicht aufschienen und sich im Nichts verloren, sobald ich sie mit ganz geöffneten Augen ansah.

»Ich habe sie gut versteckt, die blauen Teufel der Melancholie«, murmelte Christian und trat einen Schritt zurück.

Jetzt nahm ich das graue Tageslicht wahr, das durch die Fenster fiel; ich hatte mich demnach an die Lichtverhältnisse gewöhnt, die in Christians Atelier herrschten.

»Hast du schon einmal einer Maus die Freiheit geschenkt?«, fragte er.

Den Kopf schüttelnd trat ich an die Zeichnung,

stand aber plötzlich im Dunkeln, da er den Kippschalter umgelegt hatte.

»Nichts in der Stimme der Zikade sagt, wie bald sie sterben wird«, sagte er hintertrieben lächelnd.

»Hermann Hesse?«

»Basho. Lassen wir sie frei. Oder nein, erledigen wir unsere Arbeit richtig oder gar nicht.«

Er öffnete die Schublade einer Kommode, die von der erstarrten, an Lava erinnernden Masse bedeckt war, die sich auch auf dem Boden ausbreitete, nahm zwei von Fingerabdrücken und Graphitstaub bedeckte Stablampen heraus, reichte mir eine und lotste mich mit dem Lichtstrahl seiner Lampe winkend in den für meine Augen noch immer dämmrigen Hintergrund seines Ateliers, wo er mich von Mäusefalle zu Mäusefalle führte.

Wohl zwei Stunden waren wir an jenem Spätmorgen des 5. Januar 2010 damit beschäftigt, Fallen einzusammeln, vor die ehemalige Remise und ans hintere Ende des verwilderten Gartens zu tragen, um gefangene Mäuse in die Freiheit zu entlassen, die selbstredend keine wirkliche Freiheit darstellte, wie uns sehr wohl bewusst war, kamen die Mäuse doch mit ziemlicher Sicherheit umgehend in die Remise zurück, um dort, früher oder später, erneut in eine der von Christian aufgestellten Fallen zu tappen. Ein Kreislauf, den mein Freund seit dem Verschwinden seines Katers Tolstoi vor

Wochen aufrechterhielt. Die Wiese, auf der wir die Mäuse freiließen, wurde durch eine geweißelte Ziegelmauer vom aufgegebenen Gemüsegarten abgegrenzt, in dem ich ins Kraut geschossene, im Winterfrost erstarrte, hohe Artischockenstauden bemerkte. Ein Staketenzaun, vom Andrang eines Busches umgesunken, umfasste mehrere gemauerte, rettungslos überwucherte Kompostabteile, die meisten der im Lauf der Jahre trüb gewordenen Scheiben eines Treibhauses waren zerschlagen, daneben stand eine Reihe Spaten und Schaufeln, in die Erde gerammt von einem Gärtner, der wohl längst nicht mehr lebte. Während wir Fallen mit Mäusen aus dem Atelier in den Garten hinaus- und Fallen ohne Mäuse aus dem Garten ins Atelier hineintrugen und, laut Christian, an den strategisch richtigen Punkten aufstellten, erzählte er mir, ohne dass ich ihn nach ihr gefragt hatte, von Bernadette, bis es buchstäblich aus heiterem Himmel zu schneien anfing und wir uns in die Küche des Hauses flüchteten, wo wir zwei Hot Whiskeys mit viel Zucker und Nelkendornen gespickten Zitronenscheiben zubereiteten, die wir an der Anrichte tranken, während auf dem Herd ein Rindsgulasch köchelte und seinen köstlichen Duft verströmte. Wie ich erfuhr, hatte sich sowohl Bernadettes Mutter als auch Bernadette selbst um den Haushalt von Christians Großonkel gekümmert. Bernadette war mit einem

IRA-Mitglied verheiratet gewesen, das jahrelang im Hochsicherheitsgefängnis in Kesh in Nordirland inhaftiert gewesen und nach seiner Entlassung spurlos verschwunden war. Da das Haus im nahe gelegenen Laghy, das sie von ihrem Vater geerbt hatte, von Grund auf renoviert wurde, wohnte sie seit einem halben Jahr im größten Gesindezimmer. Ihre neunzehnjährige Tochter Saoirse studierte an der Queens University in Belfast in Nordirland. Den Bernadettes Wesen betreffenden Satz sagte Christian, als ich bereits in der Küchentür stand, weil ich mich etwas hinlegen und Lovecrafts Geschichte lesen wollte.

»Sie sieht, was nicht alle sehen«, sagte er geheimnisvoll.

Dann drehte er sich um, hob den Deckel vom Topf und rührte mit einem langen Holzlöffel im Gulasch, ohne mich weiter zu beachten.

VIII.

Während des Abendessens war Christian beinahe feindselig schweigsam, aber da ich diesen Charakterzug von ihm kannte und gelernt hatte, damit umzugehen, machte ich nicht den Fehler, mir für dieses Schweigen die Schuld zu geben.

Im Kamin brannte wie am ersten Abend ein Torffeuer, Bernadette trug das Essen auf, Kartoffelsuppe, Gurkensalat, Rindsgulasch mit Kartoffeln, und räumte leere Schüsseln und Teller ab, freundlich, jedoch seltsam distanziert und unbeteiligt. Das Essen war fad, ohne Passion gekocht, und ich musste an die Verpflegung in Altenheimen denken, obwohl ich bislang nie in einem gegessen hatte. Den Blick, den sie und Christian sich zuwarfen, bemerkte ich nur, weil ich im richtigen Moment den Kopf hob, um Bernadette nachzuschauen, als sie den Salon verließ. Noch heute, wenn ich ihren Blick in der Erinnerung vor mir sehe, vermag ich nicht mit letzter Gewissheit zu sagen, was darin lag: Anklage? Verunsicherung? Verlangen? Der Blick dauerte nur so lange, bis Bernadette bemerkte, dass ich sie beobachtete; bestimmt war meinem Gesichtsausdruck abzulesen, dass ich mir Gedanken machte. Ertappt schlug sie die Augen nieder, leises Geschirrklirren verriet das Zittern ihrer Hände, die das Tablett trugen. Christian war nicht anzumerken, ob er wusste, dass mir ihr Blick aufgefallen war, und widmete sich der Vanillecreme, in der eine Dosenkirsche trieb. Um das Schweigen zu brechen, fragte ich ihn nach der schmalen, beinahe spurlos in die Tapetenwand eingefügten Tür im Treppenhaus, die mir aufgefallen war, für einen Erwachsenen kaum hoch genug.

Erstaunt hob mein Freund den Kopf, sah eine Weile ins Leere, als müsse er entscheiden, was er mir erzählen wollte und was nicht, und erklärte mir dann, es gebe ein dunkleres, deutlich schmaleres Treppenhaus neben dem eigentlichen Treppenhaus, das ich kannte, wie es überhaupt hinter doppelten Wänden unsichtbare Gänge und Räume und eben Treppen gebe, ein eigenes verborgenes Haus, eine Parallelwelt, errichtet einzig für die Dienstbotenschaft, damit diese für die Herrschaften unsichtbar bleibe und ihnen nur über den Weg laufe, wenn sie das wünsche.

»Hast du diese Gänge und Räume mit eigenen Augen gesehen?«

Christian beantwortete meine Frage, indem er mitleidig lächelnd aufstand, vor dem Kamin in die Hocke ging und derart heftig mit dem Feuerhaken in der Glut herumstocherte, dass Funken stoben. Dann legte er den Haken hin, nahm die Kohlezange in die rechte Hand, bewegte sie einige Male sinnlos auf und zu und legte sie auf den gemauerten Rand des Kamins. Dem Drang, sich Situationen zu entziehen, die er für schwierig hält, hatte Christian schon als Jugendlicher selten widerstehen können, deswegen war ich nicht erstaunt, als er sich abrupt abwandte, mir kurzangebunden eine geruhsame Nacht wünschte und den Salon ohne ein weiteres Wort verließ.

Ich blieb damals sitzen, trank das Gläschen schweren, dunkelroten Port, das Bernadette nach dem Dessert aufgetragen hatte, bis ich schließlich auch aufstand, die Serviette sorgfältig zusammenlegte und, ohne dass ich es mir vorgenommen hatte, an den Kupferstich über dem Kamin trat. Dass wir Menschen oft blind sind für das, was sich direkt vor unserer Nase findet, hatte ich in meinem Leben oft erfahren, und doch wurmte es mich, hatte ich den Seilzug und die fugenlos in die Wand gefügte Tapetentür neben dem Kamin bis jetzt übersehen. Der Seilzug löste bestimmt eine Glocke irgendwo im verborgenen Reich der Dienstboten aus, und in eben diesem Reich musste die Tapetentür über eine Klinke verfügen, die hier im Salon fehlte. Auch den Plan hatte ich gestern offensichtlich nicht genau studiert: Die Proportionen und Abmessungen des

Anbaus hatte ich anders in Erinnerung, schmaler und kürzer, auch war mir nicht begreiflich, weshalb ich die Korridore und Zimmer für die Dienstboten hinter den Gängen und Zimmern für die Herrschaften übersehen hatte, hob sie der Kupferstich mit Ausnahme der Treppenhäuser doch gar hervor, indem sie himmelblau unterlegt oder koloriert waren. Der Weg zwischen Herrschaftshaus und Stallungen und Remisen, den ich gestern als Fragezeichen gelesen hatte, schien mir heute eher als großes S in der Wiese zu liegen.

Wie lange ich mich nicht vom Plan des Anwesens meines Freundes lösen konnte, weiß ich nicht zu sagen. Es wird jedenfalls einige Zeit vergangen sein, war das Feuer doch heruntergebrannt, als ich mich in der Tür noch einmal umwandte, bevor ich das Licht löschte. Nur da und dort gloste für einen Herzschlag lang eine Torfsode auf, als gebe mir das Feuer ein Zeichen.

IX.

Was geschah, als ich mich wieder in meinem Zimmer befand, ist mir bis heute ein Rätsel und es fällt mir schwer, davon zu berichten, widerspricht es doch der Vorstellung, die ich von der Welt, der Wirklichkeit und von mir selbst bis zu jenem Zeitpunkt hatte. Ich war der festen Überzeugung gewesen, Übersinnliches und Übernatürliches sei Hokuspokus, ich hielt Hellseher, Geistheiler oder Magier für Scharlatane und glaubte eher an Tatsachen und Fakten als an Geister, Feen, Untote oder Wiedergänger. Mit dem Abstand der seither vergangenen zehn Jahre ließe sich sicherlich leicht behaupten, damals unter einer Art Nervenschwäche gelitten zu haben, übermüdet, nicht bei Sinnen, weil überspannt gewesen zu sein, doch ich weiß, dass dem nicht so ist. Auch mit dem Abstand vergangener Jahre kann ich nicht erklären, was in der Nacht vom 5. auf den 6. Januar 2010 geschehen ist, aber ich will zumindest versuchen, es so präzise, wie es mir möglich ist zu beschreiben: Schon nachdem ich die Tür meines Zimmers hinter mir ins Schloss gedrückt hatte, tat ich etwas, was ich in der ersten Nacht in Christians Haus nicht getan hatte – ich drehte den Schlüssel um. Und noch bevor ich mich fragen konnte, wovor ich mich fürchtete, wen oder was ich um Himmels Willen aussperren wollte, wurde ich von einer Macht, die ganz eindeutig außerhalb meiner selbst lag, dazu aufgefordert, nein gezwungen, meine Lederhandschuhe anzuziehen. Dass sie nicht länger auf dem Nachttischchen lagen, wo ich sie zurückgelassen hatte, sondern auf dem Rollpult, wurde mir bewusst, als ich hineingeschlüpft war und gedankenverloren das Leder am rechten Daumen glattstrich, wie ich es bei diesen Handschuhen automatisch tue. Gleichzeitig spürte ich, wie sich Gänsehaut auf meinem Körper ausbreitete, Eiseskälte Rücken und Nacken emporkroch und meine Zunge taub wurde. Mein Herz hämmerte wild, als sei es seine Aufgabe, den Brustkorb aufzusprengen. Die Quelle dieser unheimlichen Angst wurde mir in jener Schrecksekunde bewusst, die eine Ewigkeit dauert, wie jeder weiß, der sie am eigenen Leib erfahren hat, als ich versuchte, die Handschuhe auszuziehen. Es war mir unmöglich hinauszuschlüpfen, so eng saß das Leder an Fingern und Handgelenk; nicht nur war mir, als wären sie um mehrere Nummern geschrumpft, sie schrumpften zweifellos weiter. An beiden Händen verspürte ich nun das unangenehme Gefühl, das wir alle von der Manschette des Blutdruck-Messgerätes kennen. Meine Hände wurden weiter und immer weiter zusammengedrückt, sie würden, wenn es mir nicht gelang, die Handschuhe auszuziehen, platzen und explodieren. Die Atemnot, die ich damals verspürte, war wohl bloß eingebildet, wie ich heute denke, damals aber war ich sicher, meine Handschuhe würgten mir nicht nur das Blut in den Händen ab, sondern pressten mir auch jede Luft aus den Lungen. Im Spiegel des Bades sah ich zu, wie ich in kürzester Zeit blass, dann totenbleich wurde. Das blanke Entsetzen stand in meinem Gesicht. Überzeugt davon, die Handschuhe saugten mich leer und verwandelten mich in eine blutleere Hülle aus Haut und Knochen, lief ich vom Badezimmer ins Schlafzimmer, drehte den Schlüssel im Schloss um und riss die Tür auf. Hilfe, ich brauchte Hilfe! Die Frage, wieso Bernadette vor meinem Zimmer stand, als warte sie auf mich, stellte ich mir erst Tage später.

»Sch«, sagte sie beruhigend, »sch, sch.«

Entschlossen nahm sie mich am Oberarm, führte mich zurück ins Zimmer und machte die Tür hinter uns zu. Während sie mir die Handschuhe auszog, als sei dies die einfachste Sache der Welt, summte sie ein Lied, das ich nie gehört hatte und mich dennoch an eine Melodie erinnerte, die Mütter ihren Kindern singen, um sie in Sicherheit zu wiegen und in den Schlaf zu überführen. Achtlos warf Bernadette meine Lederhandschuhe zu Boden, zog sich mit geschmeidiger Bewegung ihren Pullover mit Zopfmuster über den Kopf, schlüpfte aus ihrem Kleid, stieß mich mit beiden Händen vor die Brust und damit aufs Bett und setzte sich rittlings auf mich. Würde ich behaupten, in sexueller Hinsicht ein erfahrener Mann zu sein, ich würde lügen. Welcher Mann weiß schon mit Gewissheit zu sagen, ob er ein guter Liebhaber ist oder nicht? Selbstverständlich habe ich meine Erfahrungen gemacht, war mehrmals in meinem Leben verliebt und liiert und darf mich als eher zurückhaltenden denn forschen, eher zärtlichen denn leidenschaftlichen Liebhaber bezeichnen. Bernadettes ungestüme Art, ich gestehe es, jagte mir einen Heidenschrecken ein und überforderte mich, und so dauerte es eine Weile, bis sie sich nehmen konnte, wonach ihr verlangte. Ihr Hunger und ihre Gier schienen unerschöpflich, die Bilder, die mein Bewusstsein durchzuckten, während wir uns liebten, will ich verschweigen, denn sie erschreckten mich. Gewalt hat mich in sexueller Hinsicht nie interessiert, mehr sei nicht verraten.

Als wir schließlich voneinander ließen und plötzlich wie die zwei Hälften eines Wesens auseinanderfielen, die eben doch kein Ganzes ergeben, musste ich lang nach Atem ringen, um mich zu beruhigen. Kein Wort hatten wir während des Aktes gewechselt, uns auch nie in die Augen gesehen. Nun lagen wir nebeneinander, ohne uns an irgendeiner Körperstelle zu berühren, atmend, schweigend, bald fröstelnd, ich zudem peinlich berührt, weil ich nicht anders konnte, als mir auszumalen, was das Vorgefallene für meine, ja für unsere Zukunft bedeuten mochte.

Darüber muss ich eingeschlafen sein.

Als ich zu mir kam, war Bernadette verschwunden, einzig ihr Duft hing in der Luft, ein Duft, das wurde mir schlagartig bewusst, der mir lange in der Nase und damit erinnerlich bleiben würde. Erst setzte ich mich auf, meinen immer noch rasenden Puls im Hals, und trat dann ans Fenster. Draußen lag der finstere Garten, nichts regte sich, niemand, kein Laut drang an mein Ohr, nichts, kein Ton, die Welt, sie ruhte, als gäbe es uns Menschen nicht, und für einen Augenblick hatte ich das irritierend angenehme und tröstliche Gefühl, in die Ewigkeit hinauszusehen, an die Grenze des Landes, aus dem kein Reisender jemals zurückkehrt. Am Horizont flackerte Wetterleuchten, sonst war es hier in Irland so dunkel wie in der Schweiz höchstens in den Alpen. Bald spürte ich die schreckliche Beunruhigung, die von den Handschuhen ausging, als belauerten sie mich, als warteten sie geduldig darauf, dass ich sie erneut anzöge und mich damit für immer und ewig ins Verderben stürzte. Es blieb mir nichts anderes übrig, als das Fenster aufzureißen und sie in weitem Bogen mit voller Kraft in die Winternacht zu werfen. Wie entsetzlich wenig wir doch über den Zweck unseres Daseins und das eigene Ende wissen! Kein Laut verriet mir, wo die Handschuhe landeten, weshalb ich das Bild meiner endlos durch die Dunkelheit segelnden Lederhandschuhe unmöglich aus dem Kopf brachte, als ich die Zähne putzte und meinem Spiegelbild aus dem Weg ging.

In jener Nacht fiel ich in einen derart tiefen und schweren Schlaf, dass mir war, als teilte ich für einige Stunden die Ruhe der Toten.

Am nächsten Tag erwachte ich nach sieben, lange vor dem Aufsteigen des Morgengrauens, und fühlte mich wie neu geboren.

X.

Schlimmer noch als die klamme Kälte war der Gestank kalter Asche, der im Salon hing, als ich um die nur für mich an der Stirnseite gedeckte Tafel herumging, ohne mich entschließen zu können, Platz zu nehmen.

Dass es nicht mehr schneite, sondern wie aus Eimern goss, hatte ich nach dem Aufstehen bemerkt. In Dachrinnen gurgelten Sturzbäche, die Sicht aus den Fenstern war von Wasserwänden verstellt, die sich leicht verschoben, hoben und senkten. Christians schriftliche Nachricht an mich lehnte zwischen dem Glas Quittenkonfitüre und der Thermoskanne mit Kaffee. Mehrere Scheiben Toast, diagonal zerschnitten und bereits mit Butter bestrichen, lagen auf einem Teller mit Goldrand und den blutroten Initialen M, C und A. Schließlich setzte ich mich, goss mir einen Kaffee ein und las Christians Nachricht:

Mein lieber Dold,
bin auf dem Weg nach Sligo, um Graphit und Knetgummi einzukaufen. Das Weiß meiner Papiere soll schwarz werden.

Erwarte mich nicht vor dem Abendessen um 19 Uhr.
Übrigens verdient es die Umgebung, erkundet zu werden.
Aber verlauf Dich nicht, mein Freund!
Und halt Dich fern von den ›Woods of Birnam‹!
Dein Christian

Das Büttenpapier war mit Christians schwarzen Fingerabdrücken übersät, und für eine Weile versuchte ich tatsächlich, in diesen wie aufgestempelten Zeichen eine zweite, geheime Botschaft zu finden. Sein Hinweis auf den Wald von Birnam aus Shakespeares *Macbeth* brachte mich zum Schmunzeln, gleichzeitig nahm ich mir vor, ihn nicht auf die leichte Schulter zu nehmen und wenn möglich keinen Wald zu betreten. Auf die Rückseite hatte Christian in gestochen scharfen Buchstaben einen Vers notiert, der mich, wie es natürlich sein Ziel war, zum Nachdenken brachte:

The ball I threw while playing in the park
Has not yet reached the ground.

»Dylan Thomas«, murmelte ich und hatte die absurde Vorstellung im Kopf, Christian beobachte mich, zufrieden, weil ich sein Spiel mitspielte und nach der Quelle des Zitates gesucht hatte.

Das Ticken der Standuhr oder Pendule war so aufdringlich und störend, dass ich mich nach ihr umsah. Wieso hatte ich sie gestern weder während des Frühstücks noch beim Abendessen gehört? Es war, als stünde die Uhr in meinem Schädel und zählte die Sekunden ab, die mir noch vergönnt waren.

Ich aß hastig und erhob mich schon bald, um in meinem Zimmer auf dem Bett liegend in den mitgebrachten Büchern *Berge des Wahnsinns* und *Das Ding auf der Schwelle* von H.P. Lovecraft zu lesen. Beeilte ich mich, um der Begegnung mit Bernadette aus dem Weg zu gehen? Weshalb hatte sie sich nicht gezeigt? War die Tatsache, dass mein Frühstück bereitstand, nicht Beweis genug, dass *sie* mir auswich? Im Treppenhaus war es kalt, Regen pladderte auf das Dach und gegen die hohen, bleiverglasten Scheiben, durch die ich nichts erkennen konnte, nur Schemen; das graue Licht ließ die ins Glas geätzten, sich emporrankenden Nachtviolen deutlich hervortreten. ›Das Haus treibt wie ein Schiff im Wasser‹, ging mir durch den Kopf, da fiel mir das dreieckige Dachzimmer ein, von dem Christian mir erzählt hatte. Ich stieg die Treppe wieder hinunter und betrat den Salon, um auf dem Plan danach zu suchen. Der Tisch war bereits abgeräumt und leer, als stellte ich mir nur vor, vor wenigen Augenblicken daran gesessen und gefrühstückt zu haben, dafür lagen jetzt ein roter Bleistift mit zerkautem Ende und ein aufgeklapptes, leeres Brillenetui darauf. Wer in diesem Haus trug Brille? Auf dem Kaminsims lag ein einzelnes rotes Haar, von Bernadette? Ich befeuchtete die Spitze meines Zeigefingers, stippte das Haar an, hob es hoch und musste im gleichen Moment mit ansehen, wie es von einem Luftzug, von dem ich nichts spürte, davongeweht wurde. Ich schaute dem Haar nach, bis es nicht mehr zu sehen war. Hatte es je existiert? War letzte Nacht nur in meiner Einbildung passiert, was ich für bare Münze nahm? Verlor ich hier in Christians Haus den Verstand?

Das dreieckige Dachzimmer am Ende des gebogen verlaufenden Ganges sprang mir auf dem Plan regelrecht ins Auge: Es war rosa koloriert und schien wie ein Relief aus dem Papier herauszutreten. Erinnerte der Erker, der aus der Fassade des Hauses ragte, nicht an einen Ausguck hoch oben an einem Schiffsmast? Wofür war das Dachzimmer verwendet worden? Ich wollte mich eben abwenden und den Salon verlassen, da fiel mir auf, dass auf dem Plan etwas fehlte. Der Anbau war verschwunden! Nicht die Spur eines Striches verriet, dass er je auf dem Plan verzeichnet gewesen war, kein Schatten, nichts! Waren die Stallungen und Remisen nicht deutlich näher an das Wohnhaus herangerückt? Wind fauchte durch den Kamin, und ich sah meine Handschuhe vor mir im Regen liegen, vollgesogen mit Wasser, dunkel geworden und kaum wiederzuerkennen.

Auf der Treppe konnte ich mich nicht dagegen wehren, weiter nach oben zu steigen, vorbei am Stockwerk, auf dem sich mein Zimmer befand, Stufe um Stufe weiter auf der obersten Treppenflucht, die, knapp halb so breit wie die beiden unteren, bis unters Dach führte. Mein Verstand sagte mir, dreh um, geh in dein Zimmer und lies H. P. Lovecrafts Geschichte *Der Flüsterer im Dunkeln* zu Ende, die dir in der Schweiz manch köstlich gruselige Momente bescherte, dreh um und lies!, aber meine Beine hörten nicht auf meinen Verstand und trugen mich in die Höhe. Der oberste Treppenabsatz, einen Meter im Quadrat, größer war er sicherlich nicht, wirkte wie die Kanzel eines Predigers. Die langen Gänge, die zu beiden Seiten der Treppe ins Dachgeschoss abgingen, waren eng und dunkel. Den in Kupfer gestochenen Plan des Hauses in Gedanken vor mir, ging ich auf dem rechten Gang an drei geschlossenen, mit ungelenk gepinselten Ziffern nummerierten Türen vorbei, bis er sich nach links krümmte, und blieb stehen, weil die Realität nicht mehr mit der auf dem Plan eingezeichneten Raumaufteilung und dem Grundriss des Hauses übereinstimmte: Wände und Türen waren entfernt worden, wie sich anhand schwacher Schatten auf Bodenbrettern und Tapeten ablesen ließ, Schatten, die bewiesen, es hatte den dreieckigen Raum tatsächlich einmal gegeben, jetzt war er aber nicht länger vorhanden. Der nussige Duft der Dachbalken stieß eine Tür in meine Vergangenheit auf, durch die ich momentan auf keinen Fall schreiten mochte. Im Erker, der in der Tat über die Frontfassade hinausragte, stand ein runder Basttisch mit einer in Bordeauxrot gestrichenen Platte, auf der eine Zeitung wie auf einer Auslage präsentiert lag. Die kaum verblichene Ausgabe des *Donegal Democrat* stammte vom 17. Juli 1987, wie ich feststellen konnte, ohne sie anzufassen; um den Aufmacher auf der Frontseite zu lesen, der sich einem verheerenden Hausbrand widmete, wie die Schlagzeile aussagte, musste ich sie allerdings in die Hand nehmen und aufschlagen. So mich meine Kenntnisse der englischen Sprache nicht täuschten, war der ausführliche Artikel in einem ausholenden, blumigen Stil verfasst, der das Ereignis, das er beschrieb, eher in ein undeutliches denn klares Licht rückte. Dass es sich bei dem Haus, in dem es gebrannt hatte, um das von Christian handelte, begriff ich erst, als im Text der Name seines Großonkels Christoph Aplanalp erwähnt wurde. Die abgebildete Farbfotografie war unscharf und überbelichtet, weshalb ich es nicht erkannt hatte. Den Namen Four Masters Manor House hatte

Christian so wenig erwähnt wie die Tatsache, dass es einige Jahre lang im Besitz der katholischen Kirche gewesen und als Hort der Entspannung und Erholung für gemütskranke, moribunde Priester genutzt worden war. Die befürchtete Ausbreitung des Feuers, welches im Anbau ausgebrochen war, konnte nur dank des beherzten Einsatzes der Feuerwehren aus Donegal Town, Laghy und Ballintra verhindert werden. Der Anbau brannte bis auf die Grundmauern nieder, auch gab es unglücklicherweise ein Todesopfer: die Haushälterin des Four Masters Manor House, eine siebenunddreißig Jahre alte Niamh McMorrow, war in den Flammen ums Leben gekommen, als sie das wertvolle Tafelsilber retten wollte. Über die Ursache des Brandes stellte der Verfasser Eoin Sweeney keine Mutmaßungen an, sie werde von den *Gardaí* untersucht. Die zweite Fotografie des Artikels zeigte eine Frau, die Bernadette wie aus dem Gesicht geschnitten war. Es gab keinen Zweifel: Niamh McMorrow war Bernadettes Mutter.

In breiten Bahnen floss Regenwasser über die achtfach unterteilten Scheiben des Erkers, von denen eine aus unerklärlichen Gründen mit Kalkfarbe geweißelt war, und ich konnte den bekiesten Vorplatz kaum erkennen, auf dem ich, es schien eine Ewigkeit her, aus Seamus' Wagen gestiegen war. Sorgfältig faltete ich den *Donegal Democrat* zusammen, legte ihn auf den Basttisch im Erker und entdeckte einen Gegenstand hinter dem Tisch, den ich, bestimmt, weil er mit einem Tuch abgedeckt war, übersehen hatte. Ich ging in die Hocke, zog das Tuch beiseite und hatte einen alten schwarzen Diaprojektor vor mir, in dessen Karussell ein einziges Dia steckte. Der Vorsatz, sich dieses Dia nicht anzusehen, war lächerlich, und doch zögerte ich, wohl aus Anstand, bevor ich es herausfischte und, langsam aufstehend, gegen das Licht hielt. Wenn ich mich nicht täuschte, zeigte die unterbelichtete Aufnahme einen Mann, der einen Strohhut auf dem Kopf trug, allein auf einer Wiese stand und mit der rechten Hand auf etwas deutete, das sich außerhalb des Bildes befand. Ich stellte das Dia zurück ins leere Karussell und breitete das Tuch über die Apparatur.

Als ich auf den Gang trat, um in mein Zimmer zurückzukehren und über alles nachzudenken, was mir in Christians Haus bisher widerfahren war, sah ich in dem Staub, der die breiten Tannenbohlen bedeckte, die Spuren meiner Schuhe. Die weiß gekalkten Wände waren von gelbgrünen Schlieren unterlaufen, in die jemand mit mehr Phantasie, als ich sie besitze, sicherlich Zeichen, wenn nicht Buchstaben hineingelesen hätte. Sobald ich den Blick hob, bemerkte ich, dass die Wand, die den langen Gang auf der linken Seite der Treppe abschloss, mit einer Trompe-l'oeil-Malerei bedeckt war; geschickt verteilte Licht- und Schattenpartien evozierten eine sich ins Unendliche ziehende Kolonnadenflucht, die in ein Labyrinth aus grünen Hecken auslief. An einem Springbrunnen lehnte ein feuersteingrüner, flötenspielender Faun neben einem Gemälde auf einer Staffelei, welches eine Kolonnade zeigte, die in ein Labyrinth auslief. Eine einigermaßen dilettantisch ausgeführte und doch höchst wirksame Hochstapelei, ein Taschenspielertrick, den ich Christian zutraute. Oder hatte sein Großonkel die Illusionsmalerei in Auftrag gegeben? Für einen kurzen Moment dachte ich daran, ans Ende des Ganges auf der anderen Seite des Treppenhauses zu gehen, um mir das Gemälde aus der Nähe anzusehen, aber dann entdeckte ich die zweite Fußspur, die der Wand entlang zur Tür mit der in roter Farbe aufgepinselten Nummer 3 führte. Rasch ging ich an der Tür vorbei, ohne auch nur als Gedankenspiel in Betracht zu ziehen, ihre Klinke zu drücken und das Zimmer zu betreten.

XI.

Das Buch *Berge des Wahnsinns*, in dem ich gelesen hatte, lag neben dem Bett auf dem Fußboden, es musste mir im Moment des Einschlafens aus den Händen geglitten sein. Nachdem ich das Sonnenrechteck an der Wand über dem Rollladenpult eingehend betrachtet hatte, wohl auch, um zu verstehen, wieso es mich hierher in dieses Land, in dieses Haus verschlagen hatte, sah ich, was sich verändert hatte, seit ich mich hingelegt hatte: Es regnete nicht mehr. Zwar gluckste, gurgelte und tropfte es da und dort in unterschiedlichen Intervallen, doch das Trommeln gegen Dach und Scheiben sowie das sturzbachartige Rauschen in den Regenrinnen hatten aufgehört. Durch das im unteren Viertel beschlagene Fenster im Bad schaute ich über das Land, das sich wie frisch gereinigt unter mir ausbreitete. Hinter den schimmernden Dächern der Stallungen und Remisen blinkten Wasserlachen in den Wiesen, groß wie Teiche, so heftig war der Regen niedergegangen. Am Horizont stand blassblau und kaum merklich von den sanften Hügelwellen abgehoben die Linie der Berge Donegals.

Das Licht unter dem kalten Januarhimmel war von erstaunlicher Klarheit und Schärfe, wie in der Schweiz bei Föhnlage. Plötzlich verspürte ich den Drang, mich in der freien Natur zu bewegen und die nähere Umgebung zu erkunden.

Bevor ich Christians Haus, in dem es eigenartig still war, durch den Hintereingang verließ, schlüpfte ich in das Paar ganz offensichtlich neuer schwarzer Gummistiefel, das neben der Garderobe wie für mich bereitstand, nahm die wachsbeschichtete grüne Regenjacke vom Haken, die bestimmt Christian gehörte, und zog sie an. Die Gummistiefel passten perfekt, die Jacke war schwer, als wären ihre Taschen voller Steine, und zu groß, weshalb ich mir vorkam, als wäre ich nicht bloß in eine fremde Jacke, sondern in eine fremde Haut geschlüpft und versuchte, jemanden darzustellen, der ich nicht war. Statt im Tunnel aus Haselnusszweigen bis zu Christians Atelier zu gehen, bahnte ich mir erst einen Weg durch Kraut und Unkraut, das die Hinterseite des Wohnhauses wie ein Gürtel umschloss, und folgte dann der Ziegelwand, bis ich in offenes Gelände gelangte. Blutbuchen streckten ihr Totengeäst in den Winterhimmel, in der Luft lag harziger Duft, da und dort hingen Nebelgespinste in den Büschen. Der Schnee war vollständig verschwunden, dafür stand in jeder Wiese Wasser, war das Land verwandelt in eine morastige Teich- und Seenlandschaft. Wind griff in die Stromleitungen, die sich von Holzmast zu Holzmast schwangen, und für eine Weile saß ich dem Irrtum auf, das Kabel gäbe wie eine Gitarrensaite ein helles Singen von sich, bis ich begriff, das Geräusch stammte aus einem Trafohäuschen in den Feldern. Die frische Winterluft tat mir gut, und ich schöpfte gierig Atemluft. Das Himmelsgewölbe war hoch und weit, ein letztes mächtiges Wolkenschiff trieb Richtung Osten davon, zog seine dunkle Schattenschleppe hinter sich her und legte sie auf Felder und Hügel. Der Buchenstand war schwarz vor Krähen, die knarzend schimpften und zeterten, bis ich abdrehte und eine andere Wegstrecke wählte. So kam ich an der Maschine vorbei, die mir, aus dem Badezimmerfenster schauend, aufgefallen war; ihr verrosteter Motorraum war von einer zähen Schlingpflanze in Beschlag genommen, im Gestänge, an das ein Rechen mit langen Zinken geschweißt war, hingen dicke Büschel von Schafshaar; die Maschine war wahrscheinlich zum Wenden von geschnittenem Gras gebraucht worden. Je weiter ich in die abschüssige Tiefe des Landes vordrang, desto offensichtlicher wuchs die Natur von den Rändern her auf die Gebäude meines Freundes zu; verwahrlostes Gehölz, Gestrüpp und Strauchwerk rückten unbarmherzig näher und eroberten sich klammheimlich, aber entschlossen zurück, was der Mensch gestohlen hatte, indem er umpflügte, aussäte, kultivierte. In einem Birkenhain lag eine ausrangierte und verbeulte Waschmaschine, in deren Trommel sich ein Tier eingenistet hatte, das mich früh genug gewittert hatte und geflohen war.

Nach einer halben Stunde geriet ich in ein unwegsames Gebiet, in dem sich Krüppelkiefern und eine Ginsterart mit messerscharfen Blättchen zu einem Wall zusammengeschlossen hatten, weshalb mir Christians Warnung vor den Woods of Birnham einfiel und ich daran dachte, umzukehren, mich aber durchkämpfte, weil mich die dahinterliegende Senke anzog, in der ein lieblicher kleiner See lag, für den nicht der heftige Regen verantwortlich war. Christians Wachsjacke als Schutz über den Kopf geworfen, schlug ich mich durch die Pflanzenwand, die mit schnalzenden Zweigen nach mir schlug und sich wie mit Widerhaken an meinen Hosenbeinen festklammerte, um mich aufzuhalten und wohl dazu zu bringen, umzudrehen. Aber ich gab nicht auf, magisch angezogen vom friedsamen Quecksilberwasser des Sees, eingefasst von goldgelbem Röhricht, und den zu seinen Ufern absinkenden Wiesen, deren Gras von einem unwirklichen Türkis war. Ich kämpfte mich voran und kam doch, die Erkenntnis erstaunte, nein entsetzte mich, nicht vorwärts. Ich blieb, so sehr ich mich abmühte, an ein und demselben Ort stecken, trat auf der Stelle, statt an Boden zu gewinnen. Verschob sich das Gelände, während ich mich vergeblich abmühte? Lag der See nicht weiter von mir entfernt als zuvor? Gesteigert wurde meine Verwirrung und Bestürzung durch einen Ast mit einer nahezu rechtwinkligen Gabelung und auffallender Maserung, den ich vor Minuten beiseitegeschoben und hinter mir gelassen hatte, und der nun wieder vor mir auftauchte und mir den Weg versperrte. Das Eingeständnis, dass es zweifelsohne derselbe Ast war, trieb mich in einen Zustand wachsender Panik, in meinen Ohren rauschte das Blut, der See und das Röhricht lagen plötzlich spiegelverkehrt vor mir, und ich beschloss, hechelnd nach Atem ringend, aufzugeben, für einen Moment gelähmt vom Gedanken, der Pflanzenwall gebe mich niemals mehr frei, halte mich fest und verwehre mir nicht nur das Vorankommen, sondern auch das Umdrehen und Entkommen. Eine Befürchtung, die sich schon nach kurzer Zeit, in der ich wild um mich schlagend bemüht war, mich an den Rand der dornigen Verwachsung zu kämpfen, als unbegründet erwies.

Sobald ich aus dem Krüppelkiefern- und Ginsterwall wie aus einem Haus ins Freie hinaustrat, drehte sich der Horizont an mir vorbei und mir war, als wäre ich wie früher als Kind von einem Ringelspiel gesprungen – erschrocken und beglückt zugleich. Um das schnell drehende Karussell zum Stehen zu bringen, schloss ich die Augen, steckte die Hände in die Jackentaschen, atmete tief ein und aus und rührte mich nicht vom Fleck, wobei ich wie ein Baum im Sturmwind vor und zurück wankte. Die Vorstellung, ein Gehölz hätte mich aufgehalten und genarrt, war lächerlich, aber genauso erschreckend. War ich noch bei Trost? Hatte ich eine Krankheit, die sich durch geistige Verwirrung äußerte? Oder hatte ich mich ein Leben lang getäuscht und das Übersinnliche existierte und zeigte sich mir nun hier in Irland in Form eines Pflanzendickichts, das mich umschlang? Aber wieso und wozu? Was sollte ich lernen oder begreifen? Es dauerte, bis meine kleine Welt wieder im Lot war. Der Gegenstand, den meine linke Hand in der Jackentasche ertastet hatte, stellte sich als Graphitstift heraus, der meine Finger bereits verfärbt hatte, als ich ihn ans Licht hielt. Den Zettel, den ich in der rechten Tasche fand, nahm ich nur zögernd heraus. Er war so oft gefaltet worden, dass ich mir die diebische Freude vorstellen konnte, die Christian dabei empfunden haben musste. Er hatte sich redlich bemüht, leserlich zu schreiben, was seinen Buchstaben deutlich anzusehen war:

Wer nicht weiß, wohin er geht, erreicht mit jedem Schritt sein Ziel.

Vorder- und Rückseite des Zettels waren mit Fingerabdrücken übersät, denen ich neue, eigene hinzufügte. Den Windstoß, der in die Zweige der Krüppelkiefern in meinem Rücken griff und sie durcheinanderwarf, verstand ich als Aufforderung zum Aufbruch. Der Tag begann sich bereits zu neigen, aufsteigende Abenddämmerung verdunkelte die Landschaft, die Luft wurde schneidend kalt. Blind für die Natur, durch die ich eilte, machte ich mich auf den Rückweg, taub für die Rufe der Krähen, die am Himmel Kreise zogen.

XII.

Weshalb mich der Wunsch nicht losließ, das Haus meines Freundes Christian um jeden Preis durch die Vordertüre betreten zu wollen, sobald ich es in den Wiesen vor mir auftauchen sah, weiß ich nicht zu beantworten. Ich ging jedenfalls in einem Zustand der Benommenheit an den ehemaligen Stallungen und Remisen vorbei in die aufkommende Dunkelheit, die Hände auf dem Rücken, als gäbe mir das die Ruhe zurück, die ich noch nicht wiedergefunden hatte, obschon der Pflanzenwald weit hinter mir lag und lange nicht mehr zu sehen war. Einige Schnalzer der Äste und Zweige hatten sich angefühlt wie Peitschenhiebe, die sehr gezielt ausgeteilt wurden. Nur von wem? Als ich um den Quader des Wohnhauses herumging und auf den bekiesten Vorplatz trat, sah ich einen anthrazitfarbenen Jaguar, der auf der Zufahrt näherkam. Das Knirschen der Reifen des schweren Wagens auf dem vom Regen nassen dunklen Kies klang in meinen Ohren wie eine Androhung, und ich dachte daran, schnellstmöglich durch die Tür zu schlüpfen und zu verschwinden, blieb dann aber doch am

Fuß der Treppe zum Vordach stehen und sah zu, wie der Jaguar auf das Haus zuglitt und auf meiner Höhe stehen blieb. Christian saß am Lenkrad des rechtsgesteuerten Wagens, Bernadette neben ihm, die Augen trotz des grauen Lichts hinter einer Sonnenbrille verborgen. Christian schaltete den Motor aus, aber weder er noch Bernadette stiegen aus. Soweit ich erkennen konnte, saßen sie schweigend und reglos wie zwei Puppen nebeneinander und sahen geradeaus, ohne mir zu verstehen zu geben, ob sie mich bemerkt hatten. Es war, als stellten wir ein Bild dar, arrangiert von einem unsichtbaren Regisseur, unfähig, ohne seine Anweisungen etwas zu verändern, uns zum Beispiel in Bewegung zu setzen, es umzurangieren oder ein Gespräch zu beginnen. Nie in meinem Leben hatte die Wendung ›Die Zeit stand still‹ besser gepasst. Welches Zauberwort löste den Bann, welche Geste? Es war eine Krähe, welche die Zeit und uns wieder in Gang brachte und das Standbild in ein bewegtes verwandelte, indem sie laut krächzend über das Dach des Hauses segelte, eine Runde über uns drehte und sich auf dem Kies in der Nähe des Jaguars niederließ, um uns mit schräg gelegtem Kopf und geöffnetem Schnabel zu mustern. Christian stieß die Fahrertür auf und stieg aus, Bernadette neigte den Kopf und nahm die Sonnenbrille ab, ich ging die Treppe hinunter auf meinen Freund zu, der mich gezwungen lächelnd ansah, einen zimtfarbenen Wollschal um den Hals geschlungen.

»Die ist dir zu groß«, sagte er und deutete auf seine Regenjacke.

»Hast du gefunden, wonach du gesucht hast?«, gab ich zurück.

»Wonach hab ich denn gesucht, Arthur? Hast du dich verlaufen?«

»Sollte ich? Ich war am See.«

»An welchem See?«

»Hinter den Woods of Birnam.«

»Du solltest nicht alles glauben, was ich sage, mein lieber Dold.«

Ich zog den Reißverschluss der Jacke nach unten und wollte sie ausziehen und Christian reichen, doch er schüttelte den Kopf, nahm mich sanft am Arm und führte mich die Treppe hinauf zur Eingangstür seines Hauses. Wie kam es, dass mir der Türklopfer, eine Messingfaust, die einen spitzen Stift umklammerte, bei meiner Ankunft nicht aufgefallen war?

»Steigt sie nicht aus?«

»Doch«, sagte er, drückte die Klinke nach unten, stieß die Tür mit der linken Schulter auf und schob mich in den Halbdämmer des Entrees.

»War das Haus wirklich im Besitz der katholischen Kirche?«, fragte ich und blieb stehen.

»Es gibt Einheimische«, sagte Christian und blieb

so weit von mir entfernt stehen, dass ich den Ausdruck seines Gesichtes nicht sehen konnte, »die glauben, auf dem Haus liege ein Fluch. Aber das weiß ich erst, seit es mir gehört.«

»Was für ein Fluch?«

»Das hat man mir nicht gesagt. Ein Fluch halt.«

Ich hörte einen Automotor anspringen, gleich darauf das Knirschen von Kies, Geräusche, die sich rasch entfernten und denen wir im Zwielicht schweigend nebeneinanderstehend nachlauschten, wobei ich bald einen Gasgeruch wahrnahm, der mich, der ich auf Düfte überaus empfindlich reagiere, ängstigte, dachte ich doch sofort an eine lecke Leitung und also an austretendes, womöglich giftiges Gas.

»Keine Sorge«, sagte Christian, als könnte er meine Gedanken lesen, »der Herd riecht immer so, wenn wir backen. Ein Fachmann aus Letterkenny hat ihn überprüft.«

»Backen? Bernadette war doch mit dir unterwegs?«

»Fast jeder Priester, der hier Erholung suchte, hatte übrigens Dreck am Stecken, das weiß ich aus verlässlicher Quelle. Aber vielleicht haben diese Gottesmänner hier wenigstens begriffen, was wir beide schon lange wissen.«

»Das da wäre?«, fragte ich und ging aus dem Dämmer des Entrees auf das Treppenhaus zu, durch dessen Fenster Licht fiel, das als helle Erscheinung über den Stufen schwebte.

»Dass der Natur mehr zuzutrauen ist als Gott natürlich. Hunger?«

»Was hast du denn im Ofen?«

»Riechst du das nicht? Ihr Käsekuchen ist ein Traum. Komm, wir trinken einen Féchy dazu. Ich lass ihn mir aus dem Wallis liefern.«

Der bullernde Ofen in der Ecke verbreitete eine derartige Hitze, dass die Scheibe über dem steinernen Waschtrog beschlagen war und wir uns ohne Pullover am Küchentisch gegenübersaßen, im gelben Lichtzelt der tief hängenden Lampe mit zapfenförmigem Schirm aus Milchglas, das Blech mit dem dampfenden Käsekuchen und die Flasche Weißwein in einem Kühler zwischen uns.

»Ich hab den See gefunden«, sagte ich und nahm mir ein zweites Stück von dem Kuchen, der großzügig mit Muskatnuss gewürzt war.

»Welchen See?«

»In der Senke, am Ende deines Grundstückes.«

»Woher willst du wissen, wo mein Grund endet, Arthur?«

»Hat er einen Namen?«

Christian schüttelte den Kopf, goss den Rest des Weines in unsere Gläser, die Kinnlade trotzig vorgeschoben, stand auf und holte einen zweiten

Féchy aus dem Kühlschrank. Die tannengrünen Wollsocken, die er trug, hatten an beiden großen Zehen Löcher; wann hatte er seine Schuhe ausgezogen?

»Hörst du eigentlich keine Musik mehr?«, fragte ich, nahm ihm die Flasche ab und stellte sie in den Kühler.

Kaum war die Frage gestellt, fiel mir ein, dass ich sie ihm vor vielen Jahren schon einmal gestellt hatte, während eines Besuches in seinem damaligen Atelier in Quinten am Walensee, einem Ort, den man nur per Schiff oder zu Fuß erreichte. Dass er meine Frage, falls ich mich nicht täuschte, im exakt gleichen Wortlaut beantwortete, erstaunte mich nicht wirklich: Christian hatte den Hang, an gewissen Erklärungen festzuhalten. Sigmund Freud, sagte mein Freund, ein Stück Käsekuchen in der Hand, von dem Dampf in den bauchigen Schirm der Tischlampe aufstieg, als würde er vom elektrischen Licht angesogen, Sigmund Freud habe behauptet, Musik sei eine Geste zur Abwehr von Paranoia, und wer Musik mache, schütze sich damit in erster Linie gegen die Schrecken der Wirklichkeit. Wie schon vor Jahren wusste ich auch an diesem Januartag nichts darauf zu sagen und sah ihn nur so lange schweigend an, bis er herauslachte und mir mit der flachen Hand die Schulter tätschelte, wie einem Kind, das Trost oder Zuspruch benötigte.

»Nein, mein lieber Dold, ich höre keine Musik mehr!«

»Nie?«

»Nicht einmal bei der Arbeit, nein. Gefällt dir Bernadette?«

»Wieso fragst du?«

»Ihr Mann saß im Gefängnis, Arthur.«

»Das hast du mir schon erzählt.«

»Gefällt sie dir?«

»Dir nicht? Was ist eigentlich aus dem Labyrinth geworden, das deine Ex-Frau Susanne in der Ardèche gebaut hat?«

»Ich musste dem Käufer des Hauses eine Preisreduktion anbieten, damit die Kosten gedeckt waren, um es abzureißen. Er hat den Schwachsinn meiner Ex-Frau dem Erdboden gleichgemacht.«

»Und Susanne? Was ist aus ihr geworden?«

»Sie hat wieder geheiratet, diesen zweiten Ehegatten nach zwei Jahren für einen Bluesmusiker im Allgäu verlassen, den sie in den Selbstmord trieb, worauf sie zu ihrem Ehemann zurückkehrte, ihm einen Sohn gebar und ihn kurz darauf für einen weiteren Mann, diesmal einen Architekten, erneut verließ. Heute lebt sie, soweit ich weiß, im Tessin und verkauft auf Märkten Strickmützchen und Gedichte, die sie mit Schreibmaschine auf Büttenpapier tippt, an Touristen.«

»Habt ihr Kontakt?«

»Bin ich wahnsinnig? Eher erschieße ich mich! Nimmst du noch ein Stück?«

Er deutete auf den Käsekuchen, stand aber auf, als ich den Kopf schüttelte, und schob das Blech leise und falsch pfeifend in den Ofen zurück.

»Hast du dir das dreieckige Zimmer auf dem Dachboden einmal angesehen?«, fragte ich, nachdem Christian sich wieder hingesetzt hatte.

»Lange nicht mehr. Wieso?«

»Die Wände sind entfernt worden.«

»Ich weiß, mein lieber Dold. Alles ist in Bewegung, immer. Auch wir. Ob es uns nun passt oder nicht.«

»Hast du die Illusionsmalerei gemacht, Christian?«

»I like horses, but here I'm riding a donkey.«

»Bist du schwerhörig?«

»Du nicht? Was hilft es, alles zu hören? Das Trompe-l'oeil-Desaster war schon an der Wand, als ich das Haus gekauft habe. Wahrscheinlich hat meine Großtante es in Auftrag gegeben. Sie hat die Künste geliebt, hat sie behauptet. Braucht es viel, dich aus der Bahn zu werfen?«

Alkohol löst zwar nicht Christians Zunge, eher im Gegenteil, er lässt ihn in der Regel eher noch schweigsamer werden, doch er führt gelegentlich dazu, dass er die Art Fragen stellt, die er sich in nüchternem Zustand verbittet. Ich sah ihm in diesem Moment deutlich an, dass er keine Antwort von mir erwartete; er stand auf, trat ans Fenster und bedeutete mir, ebenfalls nach draußen zu schauen: Am Horizont verschwand ein letzter Streifen Abendlicht, der Garten lag bereits in tiefer Finsternis.

XIII.

Die Stunden, die auf unser Küchengespräch folgten, gehören zu den schönsten, weil offensten, die ich mit meinem Freund Christian Aplanalp verbringen durfte. Im Nachhinein mag es auf der Hand liegen, dass wir beide gewusst oder doch zumindest geahnt hätten, etwas Schreckliches stehe bevor, weshalb wir besonders behutsam miteinander umgegangen seien, doch ich glaube, diese Überlegung ist falsch. Wir wussten nichts, ahnten noch nicht einmal etwas und bewegten uns deswegen blind und wohlgemut auf die Katastrophe zu, die unser beider Leben verändern sollte.

Nach einem Espresso, gebraut in der italienischen Caffettiera, um unseren Alkoholpegel nach zwei Flaschen Weißwein in Schach zu halten, kontrollierten wir in Christians Atelier im starken Licht der Stablampen die Mäusefallen, trugen dreizehn gefangene Mäuse in den Garten und ließen sie bei grimmiger Kälte frei, über uns aufgespannt das von Abertausenden von Sternen belegte Firmament, wobei er mir erzählte, wie die Mailänder Bürgerinnen und Bürger im Januar 1901, als Giuseppe

Verdi im Sterben lag, die Straße vor seinem Wohnhaus mit Stroh bestreuten, um die Hufschläge der Pferde abzudämpfen und dem Maestro ein ruhiges und friedvolles Übertreten ins Reich der Toten zu ermöglichen. Danach zeigte Christian mir die großformatigen Graphitzeichnungen, die er im letzten Jahr erschaffen hatte. Er legte sie auf dem Bretterboden aus und richtete die Kegel zweier Stehlampen darauf. Ich nahm mir Zeit, sie eingehend zu betrachten und sah Paläste, Moscheen, Silos, Tempel, Türme, Tore, Minarette und Pyramiden, Schlote, Pagoden, Schluchten, Brücken und Abschussrampen, sah Welten, verborgen unter dicken Graphitschichten, die dennoch, je nach Einfallswinkel des Lichtes, zu erkennen oder zumindest zu erahnen waren. Hinter der Illusion der aus zahllosen, im Verlauf vieler Wochen aufeinandergelegten Schichten entstandenen Oberfläche, über die erste ungenaue Blicke widerstandslos hinwegglitten, ohne darunter oder *dahinter* etwas zu erkennen, tat sich eine furchterregende Tiefe auf, offenbarte sich ein bodenloser Raum, ein Raum, in den man als offener Betrachter hinabzustürzen drohte.

»Staunen ist eine Vorstufe des Entsetzens, das ist dir bewusst?«

»Ich staune nicht«, antwortete ich, »ich bewundere.«

»Was die Farben betrifft«, sagte er nach kurzem

Schweigen so leise, dass ich den Atem anhielt, um jedes Wort zu verstehen, »habe ich vor Monaten einen Schlussstrich gezogen, meinen Schlussstrich. Kobaltgrün, Titaniumweiß, Bleiweiß, Kadmiumgrün, Zinkweiß, Manganblau, Ultramarin, Indigo, Purpur, Umbra, Persischrot ...«

Dass er sich in Rage geredet hatte und heftig atmete, wurde mir bewusst, als er die zwei Stehlampen ausschaltete. In der plötzlichen Dunkelheit klang sein Schnauben unmenschlich laut, gleichzeitig wurde mir gewahr, wie laut das Dachgebälk der früheren Remise in der scharfen Nachtkälte knackte, knirschte und krachte. Mir war, als wäre das Gebäude zum Leben erwacht und reckte nun alle seine Glieder, bereit, sich in Bewegung zu setzen.

»Manchmal ist mir, als wäre ich nie aus dem dunklen Hintergrund meines Lebens in den ach so hellen Vordergrund getreten«, sagte Christian so dicht an meinem Ohr in die Finsternis hinaus, dass ich zusammenschrak, »das Dunkel durchdringt man jedenfalls nicht mit Farbe!«

»Sondern?«

Den mitleidigen Blick, mit dem er mich wie schon so oft in unserer Freundschaft bedachte, konnte ich im unterweltlichen Dämmerlicht zwar nicht sehen, aber umso deutlicher spüren, ich spüre ihn noch heute, zehn Jahre danach, er traf mich seltsamerweise bis ins Mark. Ich kam mir dumm vor, banal und oberflächlich, wie jemand, der nicht hinter die Dinge sieht, sondern einzig ihre Oberfläche wahrnimmt, was nachgerade paradox war, hatte ich doch gerade eben unter oder vielmehr *hinter* die Oberfläche seiner Graphitzeichnungen gesehen und sie, davon war ich überzeugt, erkannt.

»Weißt du, wovor die Helden altisländischer Sagas panische Angst hatten? Grettir, der Ochsen auf seinen Schultern trug, Egill, der als Kind einem Feind den Schädel spaltete, Gisli, der seine Gegner mit den Füßen zerstampfte? Weißt du, welche uralte, kindliche Angst sie peinigte?«

Ich schüttelte den Kopf und legte meine flache Hand auf eine der auf dem Boden ausgebreiteten Zeichnungen meines Freundes, um das Graphit zu spüren.

»Vor der Dunkelheit! Der dunklen, unbesiegbaren Nacht! Wenn sie sich schlafen legten, musste immer irgendein Licht brennen, und sei es das Glosen eines Feuers! Erwachten sie in der Dunkelheit, so waren ihre Entsetzensschreie noch von anderen Clans zu hören.«

Christian räusperte sich, und ich erhob mich und hielt die Hand vor die Nase, um an ihr zu riechen. Der Geruch des Graphits erinnerte mich an die Zeichenstunden in der Schule, eine Ewigkeit war seither vergangen, eine Ewigkeit.

»Hast du eine Ahnung, wie sich die Anwesenheit

Gottes zeigen lässt, ohne ihn zu erwähnen, ohne ihn zu zeigen?«

Christian sah mich fragend an, schüttelte dann aber den Kopf und machte eine wegwerfende Handbewegung, als ich ihm nichts zu antworten wusste.

»Sag nichts«, sagte er, »vergiss es! Hast du die Inseln aus Seerosen gesehen? Es ist, als könnte man darüber gehen! Früher war der See ein Löschwasserreservoir. Aber ich glaube dir nicht, dass du es bis an sein Ufer geschafft hast.«

»Hab ich auch nicht.«

»Sag ich doch. Ich auch nicht. Noch nie.«

»Woher weißt du dann von den Seerosen?«

»Sumpfdotterblumen gibt es dort auch, Tausende, ein Teppich, auf dem sich wunderbar denken und träumen lässt.«

»Woher willst du das wissen, wenn du nie an seinem Ufer gewesen bist?«

»Von Bernadette. Und von alten Fotos.«

»Wo in deinem Haus steht eigentlich die Uhr, Christian, die ich höre, aber nicht sehe?«

»Welche Uhr? In meinem Haus gibt es keine Uhr, abgesehen vom Wecker neben meinem Bett. Ich glaube nicht an die durch Zeiger und Zifferblatt gemessene Zeit.«

»Obwohl ihr seit Mitte des 19. Jahrhunderts alle Macht gehört?«

»Vielleicht exakt deswegen, mein lieber Dold. Trinkst du immer noch kein Bier? Wer in Irland war und keinen Pub besucht hat, war nicht in Irland. Lass uns ins Forge fahren.«

XIV.

Wir fuhren weder mit Seamus' Vauxhall noch mit Christians Jaguar, wir fuhren mit einem lindgrünen, linksgesteuerten VW-Käfer des Jahrganges, in dem das Heckscheibenfensterchen oval geformt und unterteilt war, und der statt mit den heutzutage üblichen Blinklichtern mit einem beleuchteten Zeiger ausgestattet war, der links oder rechts zwischen Vorder- und Rücksitz aus der Karosserie sprang, wenn man ihn stellte, und nach dem Gebrauch wieder zurückschnellte.

Mein Einwand, ich sei an Linksverkehr nicht gewöhnt, ließ Christian unbeeindruckt, er bestand darauf, dass ich mich ans Steuer setzte, damit er mich durch das verwirrende, von Hecken gesäumte Netz aus Feldwegen und Nebensträßchen dirigieren konnte. Zwar stand am Himmel wie erwähnt eine Unzahl funkelnder Sterne, dennoch war die Nacht so dunkel, wie man es in der Schweiz nicht einmal auf dem Land erlebt. Hätte man mich gefragt, wieso ich so langsam und unsicher wie ein Fahrschüler fuhr, hätte ich den konsumierten Alkohol vorgeschoben, dabei war es die absolute

Finsternis, welche mich ängstigte. Nicht erahnen zu können, was sich außerhalb der erstaunlich leistungsschwachen Scheinwerfer des Käfers verbarg, verunsicherte mich. Lange dauerte es nicht, bis ich die Orientierung verlor und dazu die unangenehme Ahnung spürte, immer wieder an den gleichen Wegmarken vorbei zu kommen, immer wieder am einladend offenstehenden Gatter mit den schwarzgeteerten Pfeilern, immer wieder am augenscheinlich von Kugeln durchsiebten *No Trespassing*-Schild, am verlassenen Farmhouse mit dem gewaltigen Mauerschwamm an der Fassade, am Traktor, hinter dessen Steuer eine Vogelscheuche in Männerkleidung saß.

Es dauerte eine halbe Stunde, bis wir eine Ortschaft erreichten, die gespenstisch wirkte, weil in keinem der Häuser Licht brannte und nicht eine Menschenseele auf dem Gehsteig zu sehen war, ein Ort, der im blassgelben Licht einiger weniger Straßenlampen wie aus einer lange vergangenen Zeit zu stammen schien. Es war, als wäre er evakuiert worden und darum ausgestorben. Schwebten vereinzelte Schneeflocken im Licht der Lampen oder bildete ich mir das ein? Nachdem wir das dunkle Schaufenster eines Lebensmittelladens passiert hatten, wies Christian mich an, rechterhand in eine Gasse abzubiegen, an deren Ende das Neonschild einer Bar flackerte. Die Vermutung, das Schild stehe unter Kurzschluss, bestätigte sich, als wir neben dem handtuchbreiten Gebäude parkten und ausstiegen: Das Knistern, welches das Flackern der Neonbuchstaben F, O, R, G und E auf grünem Grund akustisch verstärkte, klang unheilvoll und wie ein Hinweis auf ein Ereignis, von dem wir noch nicht die geringste Ahnung hatten. Auf dem Sims des Fensters neben der Eingangstür stand ein halbvolles Guinnessglas, das Fenster selbst war so dunkel wie alle anderen Fenster des Hauses, das wie ein Turm in die Nacht emporwuchs. Die Jesusfigur, sie stand im Innern des Lokals zwischen Gardine und Fensterscheibe neben einem Gummibaum, die Gasse im Blick, trug einen roten Überwurf über der Schulter, war wohl einen Meter groß und arg abgestoßen; der Rosenkranz, den der Sohn Gottes um den Hals trug, war sicherlich für einen Menschen bestimmt, hing das kreideweiße Kreuz doch zwischen seinen nackten Zehen. Ich trat an die Scheibe und spähte in den Schankraum, konnte aber, abgesehen von mehreren Reihen funkelnder Spirituosenflaschen über einem Tresen, nichts erkennen. Neben dem Guinnessglas lag ein silberner Ohrring mit keltischem Ornament, den ich, was mir bis heute unerklärlich ist, unbemerkt einsteckte, als Christian die Hand hob, um mit dem Knöchel gegen die feuerrot gestrichene Holztür des Pubs zu pochen, es sich dann aber anders überlegte und die Hand sinken ließ.

»Seamus hat immer geöffnet«, sagte er betroffen.

»Dein Fahrer?«

»Ein anderer Seamus, Arthur, keine Sorge. Seamus schließt nie, nicht einmal an Weihnachten oder Ostern. Bestimmt ist jemand verstorben, der ihm nahestand. Sehr nahe. Auf der Männertoilette hängt übrigens ein Foto von John F. Kennedy zwischen einem Bild des polnischen Papstes, dessen Namen ich mir nicht merken kann, und einem von Bob Geldof. Was bei den Frauen hängt, weiß ich nicht. Vielleicht Jackie O., der deutsche Papst Ratzinger und Sinéad O'Connor?«

Er trat in die Gasse wie auf eine Bühne, breitete theatralisch beide Arme aus und sagte mit ernster Grabesstimme, ohne mich aus den Augen zu lassen:

»Gibt's noch Rum zu trinken und Tang zu essen?«

»Dylan Thomas«, sagte ich, ohne nachdenken zu müssen, »*Unter dem Milchwald.*«

»Nicht schlecht, mein Freund! Wie geht's weiter im Text?«

»Keilereien und Zwiebeln?«, deklamierte ich.

»Und Spatzen und Gänseblümchen?«, fuhr er fort.

»Stichlinge im Einmachglas?«

»Es geht doch nichts über Männer mit Bildung«, sagte Christian und hielt mir die offene Hand entgegen. »Zurück fahre ich. Dann trinken wir eben zu Hause. Und zwar etwas, das uns früher aus den Schuhen gehauen hat, als wir jung und unschuldig waren und nichts vertrugen. Komm!«

XV.

Den Gedanken, es sei sicherlich klüger, nicht noch mehr Alkohol zu trinken, der mich streifte, als wir uns auf den hellbraunen Chesterfield-Ledersesseln vor dem Kamin niederließen, ließ ich fallen, sobald Christian den verglasten linken Flügel der hüfthohen Kommode aus Kirschholz öffnete und mir seine Absinth-Bar zeigte. Die Kommode, die sich zuklappen ließ und mit zwei massiven Griffen aus Eisen versehen war, hatte laut der schwungvollen, ins Holz gebrannten Lettern einem gewissen Major Menars gehört, dem sie als transportable Bücherkommode diente, die er, wie der Antiquitätenhändler in Westport Christian erzählt hatte, an die Front mittragen und in seiner Gefechtsunterkunft aufstellen ließ. Im rechten, ebenfalls verglasten Flügel der Kommode bewahrte Christian sechs Reservoirgläser, seine diversen Absinthlöffel, eine Absinthfontäne, ein Porzellanschälchen mit Würfelzucker und eine Wasserkaraffe aus geschliffenem Glas auf. Das Zuckerschälchen und zwei Gläser stellte er auf das Beistelltischchen, das so vor den Sesseln aufgebaut war, dass es bequem zu erreichen war, wählte zwei Silberlöffel aus und legte sie zu den Gläsern. Dann nahm er diejenige der sieben Absinthflaschen aus dem linken Flügel, die kein Etikett trug, zu drei Vierteln voll war und deren Destillat von luzider smaragdgrüner Farbe war. Großzügig füllte er die Gläser, legte einen Würfelzucker auf jeden Löffel und hob die Wasserkaraffe aus der Kommode.

»Absinthe Suisse«, sagte er.

»Wie viel Prozent?«

»Zweiundachtzig. Du weißt also noch, dass der Name nichts mit dem Herkunftsland des Absinths zu tun hat, sondern …«

Er ließ den Satz unvollendet als Frage im Raum stehen und sah mich herausfordernd an.

»Sondern mit dem hohen Alkoholgehalt und …«

»… der hohen Qualität«, unterbrach er mich, »der hier wurde im Val de Travers, in meiner alten Heimat destilliert. Die wunderschöne Farbe hat er von Melisse und Angelika, den besonderen Gout von etwas mehr Anis. Du weißt, dass die Amerikaner am 5. März den Tag des Absinths feiern?«

»Die Amerikaner haben für alles einen Feiertag!«

»Für alles nicht, mein lieber Dold, glaub mir. Einverstanden, wenn wir ihn auf die Art der Franzosen trinken?«

Ich nickte, er zog den Verschluss aus dem Hals der Wasserkaraffe, legte einen Löffel auf mein Glas und goss sorgfältig, Tropfen um Tropfen, Wasser über den Würfelzucker auf dem Löffel ins Glas, worauf der Absinth opalisierte, sich langsam milchig verfärbte und eintrübte; dieses Louche-Effekt genannte Phänomen faszinierte mich nicht weniger als in den siebziger Jahren, als Christian und ich in Couvet im Neuenburger Jura nahe der Grenze zu Frankreich das erste Mal Absinth getrunken und in einem wahnhaften Rausch die Alphütte zu Kleinholz zerlegt hatten, in die wir eingebrochen waren, um die Nacht darin zu verbringen. Die Gewissheit, mit dem Genuss von Fée Verte, der »Grünen Fee«, etwas Verbotenes zu tun, da Absinth in der Schweiz 1910 verboten und erst im Jahr 2005 wieder legalisiert worden war, hatte unser Vergnügen selbstverständlich nur vergrößert. Erst viel später hatten wir erfahren, dass unsere Halluzinationen und Wahnvorstellungen nicht etwa vom Wirkstoff Thujon herrührten, der sich in Absinth findet, sondern schlicht und simpel vom nahezu reinen Alkohol, den wir damals in gefährlich großer Menge getrunken hatten.

Es dauerte eine Weile, bis die Zuckerstücke aufgelöst waren und Christian mit Farbe und Trübung des Absinths zufrieden war. Wir stießen wortlos an und tranken. Der Absinth hatte eine ausgeprägte Anisnote, war nur im Nachgeschmack eine Spur bitter und löste sofort Bilder in mir aus, die ich lange nicht mehr gesehen hatte, Erinnerungen an unser Absinth-Wochenende in Couvet, beide waren wir achtundzwanzig Jahre jung gewesen und hungrig genug nach Abenteuern und Erfahrungen, um bereit zu sein, uns in Gefahr zu begeben und jede Vernunft fahren zu lassen. Dass dieses Wochenende im Jura das Scharnier unserer Freundschaft darstellte, welches unsere Leben miteinander verband, wussten wir, ohne je darüber geredet zu haben.

»Zu vergessen ist gewiss schlimm«, sagte Christian und stellte sein Glas auf den Tisch, »noch schlimmer aber ist es, nicht vergessen zu können.«

Wieso erzählte ich Christian nicht, dass ich mich eben an unseren Ausflug in den Jura zurückerinnert und vor mir gesehen hatte, wie wir im Morgengrauen hintereinander auf dem Geländer der Brücke über die Areuse getänzelt waren, barfuß, mit nacktem Oberkörper, weil wir unsere Schuhe und T-Shirts in das Flüsschen geschleudert hatten?

Den zweiten und dritten Absinth bereitete ich zu, den vierten und fünften Christian. Wir tranken zielstrebig und ohne darüber reden zu müssen, dass dies zwangsläufig in einem schrecklichen Rausch und fürchterlichen Kopfschmerzen endete. Es war, als führten wir das viele Jahre zurückliegende Wochenende im Neuenburger Jura fort, angetrieben wohl von dem Wunsch, zumindest für einige

Stunden wieder die jungen Männer zu sein, die wir damals gewesen waren. Unerschrocken, dumm, überheblich und unbesiegbar. Wir tranken schweigend, bald spürte ich, wie mir der Alkohol in den Kopf stieg und wie mich ein leichter, angenehmer Schwindel erfasste und der Raum sich unmerklich zu drehen begann.

Die Bibliothek, in der wir saßen, war knapp halb so groß wie der Salon; das Fenster ging auf den Tunnel aus Haselzweigen und die Remise hinaus, in der sich Christians Atelier befand. Im Licht der einsamen Bogenlampe, die das Schieferdach der Remise und den Tunnel aus der Finsternis hob, sah ich, dass es noch immer sanft schneite. Drei der vier Wände der Bibliothek waren bis unter die hohe Stuckdecke mit teilweise verglasten Regalen aus dunkel lackiertem und mit keltischen Schnitzereien verziertem Hartholz bedeckt, in denen Tausende von Büchern alphabetisch eingereiht waren, an der vierten Wand hing ein Nachdruck der Karte von *Wilderland*, die J.R.R. Tolkien für das Nachsatzblatt seines Werkes *The Hobbit* gezeichnet hatte, den ich Christian zu seinem 50. Geburtstag schenkte, weil er das Buch als Jugendlicher geliebt hatte. Viele Stunden hatten wir damit verbracht, diese Karte zu studieren und uns Reisen durch die *Mountains of Mirkwood* auszumalen oder geeignete Stellen für unsere Nachtlager am Ufer des

Great River of Wilderland zu bestimmen. Meine Freude, dass ihm mein Geschenk offenbar noch immer genug bedeutete, um es in seiner Bibliothek an die Wand zu hängen, ließ mich so breit schmunzeln, dass er mich fragend ansah.

»Die Karte«, sagte ich, »du hast sie noch.«

»Ich reise jeden Tag nach *Wilderland*«, sagte er, »das hilft mir, den Alltag zu bestehen. Einmal schlage ich mein Zelt am *Forest Gate* auf, einmal am Fuß des *Mount Gundabad*, manchmal am Ufer des *Long Lake Esgaroth*. Fast so wichtig wie die Karte von dir ist mir der Plan des Reiches von *Narnia*, den Pauline Baynes 1951 für *Prince Caspian* von C. S. Lewis gezeichnet hat. Er hängt am Fußende meines Bettes, so kann ich durch den Wald zwischen *Glaswater* und *Beruna* wandern, sobald ich die Augen aufschlage.«

Ich kannte den Plan, hatte mich ein wohlhabender Kunde aus Basel doch vor vielen Jahren gebeten, ihn für seine schwermütige Frau zu finden, die das Werk von C. S. Lewis liebte und sich von dem Plan eine Aufhellung ihres Gemütes versprach, und tatsächlich war es mir gelungen, ihn von einem befreundeten Antiquar in Oxford zu erwerben. Ich hatte eine Kopie des Planes gemacht, um ihn in aller Ruhe zu studieren.

»In letzter Zeit habe ich Dinge in mir gesehen«, sagte Christian, trank einen Schluck Absinth und sah knapp an mir vorbei, »in einer Klarheit, wie sie eigentlich Träumen vorbehalten ist, Dinge, von denen ich nicht glaubte, sie wären noch da.«

Er stellte das Glas auf das Tischchen und klopfte sich mit der flachen Hand sachte auf die Brust, als wollte er mir zeigen, wo in seinem Körper die Sehnsucht wohnte.

»Übrigens hat Bernadette etwas gefunden, das dir gehört.«

Er deutete auf die hölzerne, ebenfalls mit Schnitzereien verzierte Leiter, die er benötigte, um die Bücher auf den obersten Regalen zu erreichen: Auf der drittuntersten Stufe lagen, wie hatte ich sie bloß übersehen können, meine Handschuhe.

»Wo hat sie sie gefunden?«

»Das musst du sie selber fragen, mein lieber Dold.«

Der Eindruck, Christian studiere einen wie über eine unsichtbare, aber eindeutig vorhandene Grenze hinweg, als gehörte man einer anderen Spezies an als er, hatte mich bisher nie gestört, aber in jener Nacht des 6. Januar 2010 bereitete es mir Unbehagen, weil ich auf einmal ahnte, wie sich Menschen unter diesem Blick fühlen mussten, die nicht zu seinen wenigen Freunden zählten.

Ich stand auf und wollte meine Lederhandschuhe nehmen, die ich an einem regnerischen Herbsttag in einer Gasse in Salzburg gekauft hatte, verspürte aber wie angeworfen einen unerklärlichen Ekel vor ihnen, so dass ich sie liegen ließ und mich wieder hinsetzte.

»Wieso riechen sie eigentlich so?«, fragte Christian mit amüsiertem Gesichtsausdruck. »So streng?«

»Streng?«

»Sie stinken wie die Pest, mein Freund!«

Ich erhob mich erneut und beugte mich über meine Handschuhe, zuckte aber zurück, als würde ich von einer wohlmeinenden Macht zurückgerissen. Die Handschuhe stanken, als hätten sie lange in einem kalten Feuer gelegen, dabei war das Leder höchstens einen Hauch dunkler, als ich in Erinnerung hatte, ansonsten aber waren sie unversehrt.

»Die kleinen Dinge schreien drein«, sagte Christian nach langem Schweigen.

»Mich stören die großen Dinge ebenso«, antwortete ich.

»Das ist nicht von mir.«

»Sondern von Adalbert Stifter, ich weiß, Christian.«

Er goss erneut Absinth in unsere Gläser, die Flasche war nun bis auf einen Fingerbreit leer, legte einen Würfelzucker auf unsere Löffel und goss sorgsam, nahezu Tropfen um Tropfen, Wasser darüber.

»Dass ihre Mutter hier im Haus ums Leben gekommen ist, weißt du mittlerweile.«

»Sie ist verbrannt«, sagte ich, ohne mir mein Erstaunen anmerken zu lassen, wieso Christian wusste, dass ich den *Donegal Democrat* aus dem Jahr 1987 auf dem Dachstock gefunden und den Bericht über die Brandnacht gelesen hatte.

»Sie ist in den Flammen umgekommen, ja.«

»Weil sie das Tafelsilber im Anbau retten wollte«, ergänzte ich.

»Bernadettes Mutter Niamh wollte das Tafelsilber nicht retten, sie musste. Weil mein Großonkel es ihr befohlen hat. Er war taktlos, herrschsüchtig, rücksichtslos. Ein Tyrann. Ein schlechter Mensch, der mit dem Strohhut auf dem Kopf wie ein Feldherr durch Haus und Garten stolzierte und Befehle erteilte. Manchmal hat er sich bemüht, sich gutartig zu geben, aber er war ein Scheusal.«

»Und doch hat er dir dieses Haus vermacht.«

»Und doch hat er mir dieses Haus vermacht, richtig. Warum wohl? Hättest du das Erbe ausgeschlagen?«

»Kaum.«

Getrieben vom Gefühl, ein Schatten habe mich gestreift, wollte ich aufstehen, setzte mich aber sofort wieder hin, weil mir der Boden unter den Füßen zu entgleiten drohte, sobald ich stand. Christian schüttelte den Kopf, abwesend ins Leere blickend, goss den Rest Absinth aus der Flasche in unsere Gläser und füllte Wasser nach, ohne sich um einen Würfelzucker zu scheren. Lange hatte ich nicht mehr an den Fabrikanten Hermann Hotz gedacht, dem mein Vater Garten und Park besorgt hatte, Hotz, Turiner genannt, weil er sich in der norditalienischen Stadt mit einer Italienerin verlobte, die später seine Ehefrau wurde, Hotz, den ich in den letzten Wochen seines Lebens beobachtet hatte, wenn er auf dem Rasen seines Grundstückes direkt am See saß, die Füße seines ausgedienten Direktorensessels in die Erde gerammt, den Spazierstock vor ihm im Gras wie den Degen eines Feldherrn, der den Kampf aufgegeben hat, bevor er, da es keine Aufgabe mehr zu erfüllen gab, den Sessel im See versenkte, in seinem Bootshaus den Ruderkahn ins Wasser kurbelte, sich im Heck auf die Bank setzte, als wartete er darauf, ans andere Ufer gerudert zu werden, und still und einsam starb.

»Wenn das menschliche Gehirn so simpel wäre«, sagte Christian, »dass wir es verstehen könnten, dann wären wir so simpel, dass wir es nicht könnten.«

Nüchtern hätte mein Freund wohl kaum akzeptiert, dass ich nicht auf sein Spiel einging. Zwar wusste ich, der Spruch stammte vom amerikanischen Wissenschaftler Emerson Pugh, aber der Absinth verhinderte, dies laut kundzutun. Still und stumm saß ich da, in den Chesterfield versunken wie in eine fleischfressende Pflanze aus Leder, die Hände im Schoß, dem Rausch ergeben, außer Betrieb. Mein Absinthlöffel hatte lanzettförmige Aussparungen, die zu einem stilisierten Feuer angeordnet waren, in das Silber seines Löffels waren vier Kreuze gestanzt.

»Die grüne Fee kennst du«, sagte Christian und trank sein Glas in einem Zug leer, »aber wie sieht's mit der braunen Fee aus?«

Mein ratloser Blick sprach Bände und brachte meinen Freund dazu, laut aufzulachen. Im Kamin, fiel mir erst in diesem Augenblick auf, lag ein großes zerknülltes Papier, sicherlich, um damit ein Feuer in Gang zu bringen; die plötzliche Vorstellung, es handele sich um eine von Christians Zeichnungen, ließ mich aufstehen, aber Christian packte mich am Arm und drückte mich in den Sessel zurück.

»Lass gut sein«, sagte er ruhig, »sie taugt nichts. Auf einem Pferd reiten kann jeder. Reiten auf einem schwarzen Schimmel aber ist Kunst.«

»Es gibt keine schwarzen Schimmel«, sagte ich und bereute es im selben Moment.

»Eben, mein lieber Dold. Reiten auf dem schwarzen Schimmel ist Kunst. Ich konnte es und kann's nicht mehr.«

»Du weißt, dass das nicht stimmt.«

»Der Künstler, der kalkuliert, mein lieber Dold,

ist kein Künstler, er ist ein Kaufmann, ein billiger Jakob. Wer malt und dabei an seine Sammler und den Kunstmarkt denkt, ist ein Judas. Ich will die Welt nicht erobern, ich will über sie nachdenken und sie dann darstellen. Abbilden.«

»Eben«, sagte ich lapidar, weil mir nichts anderes einfiel.

»Ich halte streng die Ordnung hoch und bin doch der Unordnung zugetan. Was hältst du von einer Begegnung mit der braunen Fee? Weißt du, wovon ich rede? Heiliger Rauch. Satanswerk. Fremder Dreck. Braune Fee. Opium hat viele Namen. Drei Züge, und du lernst die Welt von neuen Seiten kennen. Und dich dazu, Dold! Mich übrigens auch. Aber du musst dich trauen. Traust du dich? Legst du dich mit mir auf den Opium Divan? Der Mensch, vom Weibe geboren, lebt kurze Zeit und ist voll Unruhe.«

»Hiob«, sagte ich, ohne zu zögern.

Christian war totenblass, er wirkte durchscheinend und als wäre er nicht wirklich hier in seiner Bibliothek in seinem Haus im County Donegal in der Republik Irland. Wo war er? Durch welches Reich streifte er? Wonach suchte er? Das Opiumpfeifchen, das er mit einem Mal in der Hand hielt, war rot, dünn und lang, und obwohl ich den Kopf schüttelte, schob er es mir in den Mund.

Mehr als zwei, drei Züge habe ich nicht inhaliert, das weiß ich mit Sicherheit zu sagen, dennoch verschwimmt, was in den folgenden Stunden geschah, in einem Nebel, der sich in den vergangenen zehn Jahren hie und da zwar zu lichten schien, mir jedoch nie die Rekapitulation jener Nacht erlaubte, sondern nur das eine oder andere Schlaglicht vor Augen führte. Ohne die Schilderung von Seamus und den Bericht der irischen Polizei, die den Brand untersucht hat, wäre es mir unmöglich, eine auch nur im Ansatz verlässliche Nacherzählung jener Nacht zu liefern, daher bitte ich um Nachsicht, wenn die folgende Schilderung Lücken enthält, die ich bis zum heutigen Tage nicht zu schließen vermag.

XVI.

Daran, wie wir die Bibliothek verließen, kann ich mich nicht erinnern. Eben noch schob Christian mir das Mundstück seiner Opiumpfeife in den Mund, erfüllte warmer Rauch meine Mundhöhle, und im nächsten Augenblick standen wir in einem Zimmer, in dem sich bis auf einen Tisch und zwei Stühle nichts befand, und Christian zeigte auf eine Wand, auf der die Umrisse einer früher vorhandenen Tür zu erkennen waren.

Was danach geschah, vermag weder Vernunft noch Verstand zu fassen, und es liegt auf der Hand, die Geschehnisse mit unserem Alkohol- und Opiumkonsum zu erklären, aber es spricht weder Rausch noch Wahnsinn aus mir, wenn ich erzähle, dass Christian mich aufforderte, ihm zu folgen, eine Verbeugung andeutete und dann durch die nicht mehr vorhandene Tür schritt. Mir ist bewusst, wie unwahrscheinlich, wie verrückt dies klingt, doch mein Freund Christian Aplanalp ging durch die Wand, als wäre sie nicht da, und ich folgte ihm, indem ich wie er durch die Wand ging, hinüber in den im Sommer 1987 niedergebrannten

Anbau. An einem langen Eichentisch war offenbar eben ein Dinner beendet worden, die meisten der wohl über hundert Kerzen in prachtvollen silbernen Kerzenleuchtern, die nicht nur für warmes Licht sorgten, sondern auch den Duft von Wachs verströmten, waren in unterschiedlichen Stadien heruntergebrannt, Teller, Gläser, Schüsseln und Saucieren abgetragen, wohingegen ausgebreitet auf einem bestickten weißen Tischtuch, über welches Tropfspuren von Wein und Bratensauce liefen, das umfangreiche Tafelsilber bereit lag, um in die Küche getragen, gespült und abgetrocknet zu werden. Jemand hatte das Besteck vorsortiert, Löffel lag neben Löffel, Löffelchen neben Löffelchen, Gabel neben Gabel, Messer neben Messer, in einem geflochtenen Körbchen warteten verschmutzte Leinenservietten darauf, in die Waschküche getragen zu werden, neben dem Korb lag ein Paar wunderschön gearbeiteter Damenhandschuhe aus malvenfarbenem Leder, am Handgelenk mit einem reich verzierten Druckknopf zu verschließen.

Christian stand an einem Sekretär mit den geschwungenen Beinen aus der Zeit des Jugendstils, die Hand auf der Lehne eines Stuhles, an dem ein fliederfarbenes Strickjäckchen hing, das nach Parfum roch und wohl von einem weiblichen Gast vergessen worden war. Christian drehte den Kopf und schaute mich an, daran erinnere ich mich in aller Klarheit, an seinen Blick und an das blanke Erstaunen, das darin lag, ein Erstaunen, das ich mir nicht erklären konnte, das mir aber paradoxerweise bestätigte, dass ich nicht träumte, sondern wirklich hier in diesem Anbau stand, und dass wirklich geschah, was geschah. Die Arbeitsfläche des Sekretärs war mit schwarzem Leder bespannt, darauf stand eine rechteckige Schreibgarnitur aus nicht geädertem schwarzem Marmor mit einer Ablagerinne für eine Füllfeder, zwei aufmontierten Tintenfässchen sowie einer Datumsanzeige aus poliertem Edelstahl, bei der sich sowohl Tag als auch Monat einstellen ließen und die, was mich seltsamerweise weder erstaunte noch beunruhigte, den 17. Juli anzeigte. Der aus Kupfer getriebene Fuß einer Tischlampe hinter der Schreibgarnitur funkelte geheimnisvoll, davor lag eine antiquarische Ausgabe des Buches *The Narrative of Arthur Pym of Nantucket* von Edgar Allan Poe, dessen Titelradierung ein Segelschiff zeigte, das mit gerafften Segeln vor einem prachtvollen Vollmond in einer von schroffen Felswänden eingefassten Bucht ankerte.

»Meine Großtante Moira hat sich das Leben genommen, weil sie es nicht ertrug, wie ihr Mann Christoph die Bediensteten behandelte. Er hat Bernadettes Mutter Niamh in den Tod getrieben. Sie ist hier drin verbrannt. Er hat ihr befohlen, das Tafelsilber zu retten.«

Plötzlich war mir übel und schwindlig, der kalte Hauch, ähnlich der Todesangst, die einen ab einem gewissen Alter gelegentlich aus heiterem Himmel anfällt, wehte mich an, und ich warf einen Blick in den dunklen Raum der Zukunft, in dem der Pfeil unterwegs ist, der uns dereinst treffen und niederstrecken wird. Ich sah die Welt, wie sie ohne mich sein würde, zum Glück nur für die Länge eines Herzschlages und doch bestürzend lang, verlor den Boden unter den Füßen und muss dabei, wohl um den Sturz abzufangen, das Tischtuch gepackt und mitsamt einigen Leuchtern und brennenden Kerzen vom Tisch gerissen und somit den Teppich in Brand gesetzt haben. Wie durch einen schlimmen Zauber wurde es einen Moment lang taghell, als gäbe ein Scheinwerfer mich allen Blicken preis. Was danach geschah, ist aus meiner Erinnerung gelöscht, weder sehe ich Bilder, noch höre ich Stimmen oder Töne, nichts, es ist, als wäre ich aus Zeit und Raum gefallen, als setzte sich meine Welt erst in dem Moment wieder in Bewegung, in dem ich zu mir kam, an die Ziegelwand von Christians Atelier gelehnt, zugedeckt von einer Wolldecke, die müffelte. Vor mir kauerte Seamus, die Hand auf meine Schulter gelegt, wohl um mich zu beruhigen. Wie ein Stromschlag zuckte die Berührung durch meinen Körper, als sie mir bewusst wurde, und löste die bange Frage aus, wo Christian war und wie es ihm ging. Schaute ich nur zu bei dem, was geschah, oder nahm ich daran teil? Ich sprang auf die Beine, warf die Wolldecke ab, schöpfte tief Luft und tat einen Schritt in Richtung des Tunnels aus Haselzweigen, ging aber gleich wieder zu Boden, weil meine Beine mich nicht trugen und weil ich dem schrecklichen Anblick entgehen wollte, der sich mir offenbarte: Christians Haus, The Four Masters Manor, stand lichterloh in Flammen. Erst jetzt, da ich das Feuer gesehen hatte, spürte ich die enorme Hitze, die von ihm ausging, hörte ich das Fauchen, Brüllen und Röhren, mit dem es seine Macht kundtat. Der gelbrote Schein, den die hohen Flammen in den Nachthimmel warfen, musste meilenweit zu erkennen sein, kerzengerade stieg die Rauchsäule empor, von keinem Wind bedrängt, Funkengarben trieben über das Remisendach in die Dunkelheit, Gebälk knackte, knirschte und krachte, Balken zersprangen, knallend wie Schüsse, Verputz platzte, Scheiben barsten. Das Feuer übte einen mächtigen Sog aus, schien Dunkelheit und Kälte unbarmherzig anzusaugen und zu verschlingen. Die Hitze lag als Schicht auf meinem Gesicht, die sicherlich in tausend Splitter zersprang, sobald ich den Mund öffnete, um nach Christian zu rufen. Ich griff mir an die Stirn und stieß einen Schreckensschrei aus, als ich realisierte, dass ich meine Handschuhe trug!

Was daraufhin passierte, musste Seamus mir nachträglich berichten: Ich fiel wie vom Blitz getroffen in einen katatonischen Zustand und war weder ansprechbar noch fähig, mich ohne fremde Hilfe aufzusetzen, geschweige denn aus der Gefahrenzone der mächtig auflodernden Feuersbrunst zu begeben.

Es brauchte, auch das erfuhr ich viel später, die vereinten Brigaden der Feuerwehren von Donegal Town, Ballintra, Laghy und sogar Ballyshannon mit ihren Löschzügen, um zu verhindern, dass das Feuer auf die Stallungen und Remisen übergriff. Das Manor House meines Freundes jedoch war nicht zu retten und brannte bis auf die Grundmauern nieder. Es sollte Tage dauern, bis das letzte Glosen erlosch, Windstöße nicht immer wieder Brandherde entfachten. Das Feuer, so ein Feuerwehrhauptmann zu mir, von wütender Gier und unersättlichem Hunger, kämpfte buchstäblich bis zum letzten Atemzug und lehnte sich wieder und wieder dagegen auf, erstickt zu werden. Christians Haus war ein noch lange qualmendes, übel riechendes schwarzes Fanal, das mich, ich schämte mich für den Vergleich, an seine Graphitwelten und an die erstarrte Lava auf seinem Atelierboden erinnerte, an die schmierigen Krustenplatten, die jede Ablagefläche in Beschlag genommen hatten.

Die drei Tage der Ungewissheit, die es dauerte, bis abgeklärt war, wessen menschliche Überreste es waren, die in der Brandruine gefunden wurden, gehören gewiss zu den schlimmsten meines Lebens. Das Implantat, eingesetzt von seinem Bostoner Zahnarzt, bewies zweifelsfrei, dass Christian im Feuer ums Leben gekommen war; was mir noch heute schlaflose Nächte bereitet, ist der Umstand, dass er in der Bibliothek lag. So unschicklich es sein mag, dass mich sein Tod mehr traf denn der Tod meines Vaters, so wahr ist es. In seinem Testament bestimmte Christian mich zum Nachlassverwalter seines Werkes, von dem er, wie sich zeigte, den größten Teil zerstört hatte. Außerdem hinterließ er mir seine übermannsgroße Standuhr aus Ebenholz, deren Ticken mich, sie steht in meinem Geschäft, erstaunlicherweise beruhigt und aufs Angenehmste an meinen toten Freund erinnert. Nahezu alle meine Kunden reagieren mit ungläubigem, oft von einem verträumten Blick begleiteten Staunen auf das Schlagen dieser Uhr, einen wie aus einer anderen Welt herübergewehten, unwirklichen Ton, der sich nicht beschreiben lässt und den ich im Haus meines Freundes übrigens nie zu hören bekommen hatte. Das geölte und polierte Ebenholz des Uhrenkörpers strahlt einen geheimnisvollen matten Glanz ab, die eingravierten stilisierten Wasserlinien sind handwerklich ebenso perfekt ausgeführt wie die Intarsien aus hellem Holz, die Vögel mit ausgebreiteten Schwingen darstellen.

Den Wunsch meines Freundes, ein Drittel seiner Überreste im Val de Travers in der Schweiz, ein Drittel in Marblehead an der Küste Massachusetts und ein Drittel auf seinem Grundstück in Irland zu verstreuen, bin ich selbstverständlich nachgekommen. Das Grundstück, mitsamt den früheren Stallungen und Remisen, vermachte er Bernadettes Tochter Saoirse, die an der Stelle, an der das Manor House niederbrannte, ein einfaches Haus bauen lassen will, sobald sie es sich leisten kann.

Bernadette McMorrow, die letzte Frau, für die ich bis zum heutigen Tag zärtliche Gefühle empfinde und mit der ich geschlechtlich verkehrte, blieb verschwunden. Weder fanden sich Überreste einer zweiten menschlichen Leiche in der Ruine noch tauchte sie in den Tagen nach dem Brand, der, wie sich herausstellte, in einem der drei Dachzimmer gelegt worden war, wieder auf. Sie war und blieb wie vom Erdboden verschluckt. In den ersten Tagen, Wochen und Monaten gab mir die Tatsache, dass nur Christians Überreste in der Brandruine gefunden wurden, die Hoffnung, Bernadette habe sich gerettet und sei wie ich am Leben, eine Hoffnung, die mit jedem Tag, der verging, kleiner und kleiner wurde – bis sie der traurigen Gewissheit wich, dass Bernadette wie mein bester Freund Christian im Feuer jener Nacht ums Leben gekommen war.

Epilog

Seit meiner Rückkehr aus Irland bin ich schreckhaft, ängstlich, angespannt, misstrauisch und übervorsichtig. Mein Schlaf ist oberflächlich, meine Träume sind so verworren wie meine Phantasien. Bekanntschaften mit Frauen gehe ich aus dem Weg, soziale Kontakte beschränke ich, soweit es mein Handel mit Karten und Atlanten erlaubt, auf ein Minimum, insgesamt verläuft mein Leben noch zurückgezogener und einsamer als zuvor. Glaube ich seit meiner Rückkehr an Geister und Gespenster, an Hexen und Feen, Übersinnliches und Übernatürliches? Die Möglichkeit, dass all dies existiert, tue ich jedenfalls nicht länger als Hirngespinst ab, denn ich habe am eigenen Leib erfahren, dass es neben dem, was die meisten Menschen gemeinhin als Wirklichkeit bezeichnen, eine andere Welt gibt, eine Welt, die nach anderen Regeln funktioniert und anderen Gesetzmäßigkeiten gehorcht. Wäre es nicht töricht, wenn das, was ich in Irland erlebt habe, mein Weltbild, und damit mich, nicht erschüttert und auf den Kopf gestellt hätte?

Was genau vor zehn Jahren geschehen ist, verstehe ich noch immer nicht, ich habe aber akzeptiert, dass ich es mit dem Verstand allein nicht werde erklären können. Auch die Rolle meiner Handschuhe im Verlauf der Ereignisse ist mir nach wie vor ein Rätsel; ich habe sie in der Nacht des Brandes entsetzt ausgezogen und noch einmal mit aller Kraft, die ich aufzubringen vermochte, in die Dunkelheit geworfen, felsenfest davon überzeugt, sie nie mehr zu Gesicht zu bekommen.

Mir ist, als hätte ich in jenen wenigen Tagen in Christians Haus in Irland eine wichtige Weiche überfahren, ohne dies zu bemerken, und als es mir auffiel, war ich bereits durch ein Gebiet unterwegs, das mir nicht sonderlich gefällt, unterwegs zu einem Ziel, das mir nicht bekannt ist. Habe ich etwa die Kontrolle über meine Bestimmung verloren? Habe ich sie denn je besessen? Sind es nicht Schicksal, Fügung oder Zufall, die bestimmen, in welche Richtung unsere Lebensreise geht? Und hat nicht jede Lebensreise ein und dasselbe Ziel? Derlei trübe Gedanken sind es, die mich beschäftigen und die mir den Schlaf erschweren. Mein Leben ist seit meiner Rückkehr nicht vergiftet, höchstens trübt und verfärbt der winzige Tropfen eines Sekrets das bislang doch recht klare Wasser meiner Existenz. Kurz gesagt, bin ich nicht mehr der, der ich vor Irland gewesen bin.

Dass die Sache weder vorbei noch ausgestanden

war, wurde mir vollends am 25. Mai 2020 vor Augen geführt, als das Päckchen mit irischer Frankierung in meinem Briefkasten lag, das ich zu Beginn meines Berichts erwähnt habe. Der verwischte Poststempel machte es unmöglich festzustellen, wo es auf den Weg zu mir gebracht worden war. Ich ließ es einen Arbeitstag lang auf dem Packtisch im Hinterzimmer meines Antiquariates liegen, bis ich es öffnete.

Arthur
Wochen gingen ins Land, Monate, Jahre.
Ich lebe nun im Süden Irlands in einem Ort mit dem schönen Namen Roundstone. Kann man einen Menschen vergessen, dem man so nahegekommen ist, wie wir uns nahegekommen sind?
Meine Mutter Niamh lief nicht in den brennenden Anbau zurück, um das Tafelsilber ihres Herrn zu retten, sie wagte sich in die Flammen, um die Handschuhe zu holen, die ihr mein Vater Eoin aus Dublin mitgebracht hatte, Handschuhe aus dem allerfeinsten Kalbsleder, Handschuhe, die ein Mann nur der Frau kauft, die er liebt.
Ich wünsche Dir alles Gute:
Bernadette

Dass sich in dem Päckchen, eingeschlagen in die Art raschelndes Papier, in das früher etwa auch

Schuhe gewickelt wurden, bevor man sie in ihre Schachtel legte, meine Lederhandschuhe befanden, erstaunte mich offen gestanden nicht wirklich. Dass Mai der falsche Monat ist, um sie zu tragen, kommt mir entgegen, aber werde ich sie, sobald es kälter wird, anziehen?

Es wäre denkbar, Ende des Sommers nach Dublin zu fliegen, eine oder gar zwei Nächte dort zu verbringen, mir das *Book of Kells* und den Turm am Rand der Stadt anzusehen, in dem James Joyce wohnte und schrieb; danach könnte ich ein Auto mieten und nach Galway fahren, um mir die kleine und, wie es heißt, sehr lebhafte Stadt an der Westküste anzusehen, und anschließend gemütlich, wie es sich für eine unbeschwerte Ferienreise gehört, zum Beispiel in einen Ort mit Namen Roundstone weiterreisen.

Ich kann mir nicht vorstellen, dass es unmöglich ist, dort eine Frau ausfindig zu machen, deren Namen man kennt und die man auf den ersten Blick selbst in einer Menschenmenge erkennen würde. Andererseits ist mir bewusst, dass dem, was ich mir vorzustellen vermag, nicht unbedingt zu trauen ist.

Meine Tasche ist gepackt, mein Pass liegt bereit und doch kann ich letztlich nicht mit Sicherheit sagen, ob ich zu dieser Reise wirklich imstande bin.

»Wenn man behauptet, das menschliche Leben könne durch den Verstand regiert werden, so wird damit die Möglichkeit des Lebens aufgehoben.«

Leo Tolstoi

Dunfanaghy, Suhr, Roundstone.
Februar 2018 – Juni 2020

Hansjörg Schertenleib

Hansjörg Schertenleib, geboren 1957 in Zürich, gelernter Schriftsetzer und Typograph, ist seit 1982 freier Schriftsteller. Seine Novellen, Erzählbände und Romane wie die Bestseller *Das Zimmer der Signora* und *Das Regenorchester* wurden in ein Dutzend Sprachen übersetzt und vielfach ausgezeichnet, seine Theaterstücke auf der ganzen Welt gezeigt. Schertenleib, der auch aus dem Englischen übersetzt, lebte zwanzig Jahre in Irland, vier Jahre auf Spruce Head Island in Maine und wohnt seit Sommer 2021 bei Autun im Burgund. Im Kampa Verlag sind erschienen: *Die Fliegengöttin*, *Palast der Stille* und *Offene Fenster, offene Türen* sowie die Maine-Krimis *Die Hummerzange* und *Im Schatten der Flügel.*